KB080182

비로소
마주하다,
나

나의 내면 보기!

비로소 마주하다, 나

1판 1쇄 발행 2020년 11월 27일
1판 1쇄 인쇄 2020년 11월 20일

기획/편집   (주)포토마
글   정연
사진가   김동우, 남준, 정혜원, 하춘근
펴낸이   김제구
디자인   김혜림, 류다영
펴낸곳   리즈앤북
주소   121-842 서울 마포구 잔다리로 77 대창빌딩 402호
이메일   fotoma@naver.com
전화   02-332-4037
팩스   02-332-4031
인쇄제본   한영문화사

값 15,000원
ISBN 979-11-90741-04-0

비로소
마주하다,
나

나의 내면 보기!

글 정연

참여작가　김동우 · 남준 · 정혜원 · 하춘근

리즈앤북
ries & book

참조하세요!

이 책은 주제별로 읽고, 감상하고,
'나'의 생각을 쓸 수 있게 구성되어 있습니다.
당신이 직접 써보는 페이지에는 어떤 생각 위주로
하면 좋을지 가이드 글이 제시되어 있는데요.
그것은 참고사항일 뿐 얽매일 필요는 없어요.
당신의 생각을 흘러가는대로 쓰면서 즐겨보세요.

이 책에 수록된 작품과 사진가들에 대해 더 알고
싶다거나, 국내 활동중인 사진가들과 그 작품,
작업이야기를 알고 싶다면 "포토마"를 검색하세요.

이 책을 낸 이유

매일 새로운 책들이 쏟아져 나오는데 이 한 권을 굳이 보태는 데는 다음과 같은 이유가 있다.

훌륭한 사람, 유명한 사람, 고생해서 성공한 사람들의 이야기나, "열심히 살려 애쓰지 않아도 돼, 난 이렇게 살아왔는데 괜찮은 것 같아, 이런 마음의 상처를 받으면 이렇게 해야 해." 같은 타인의 경험담이나 정리된 지식으로부터 얻어지는 잠시의 공감과 도움말 외에 정작 '나' 자신을 집중적으로 생각하게 하는 책은 눈에 띄지 않았다는 것.

살아가는 일은 바로 앞도 잘 보이지 않는 길을 오래오래 나 자신을 믿고 걸어가야 하는 장거리 여행이기에 '나'를 충분히 바라보고 이해하지 않으면 안된다는 것. '나'를 잊거나 외면하고 타인의 시선을 좇아서는 제대로 살아지지 않는다는 사실.

그런데 '나'에 대해 생각하면 일단 반성부터 하려 하거나 최근 일어난 일에 관련된 자신의 피상적인 모습만 떠오르는 게 전부인 지극히 평범한 사람이기에 어디서부터 어떻게 나에 대해 생각해야 하는지 도무지 알기 어렵다는 현실.

자신의 면면을 하나하나 살펴보고 제대로 이해하기 위해, 지금보다 잘 살아가기 위해, 더 행복해지기 위해, 더 굳건한 내가되기 위해 길잡이가 될 무언가가 필요하다는 것.

이 책은 그런 목적과 용도를 고민해 만들어졌다. 주인공은 바로당신, '나'! 나의 속마음, 처한 현실에 숨겨져 있는 본모습, 타인과의 관계 속에서의 나, 미래의 모습 등에 대해 보다 깊이 있게 생각해보는 장이 될 것이다.

(나이와 상관없이) 직접 쓰는 자서전, 세상에서 오직 하나뿐인내가 주인공인 이야기, 머리가 복잡하고 마음이 답답할 때, 화나슬픔이 차오를 때 내가 나에게 내리는 처방전 등등 다양한 의미를 담을 수 있다.

이 책에는 또 하나의 재미와 의미가 담겨 있다.

스타일이 다른 4명 사진가들과의 콜라보로, 다양한 작품과 작가들의 진솔한 이야기를 함께 볼 수 있다는 것. 주제마다 사진가의 작업이야기는 물론, 작가 자신의 내면적 고백과 성장스토리도 볼 수 있다. 당신처럼 한때는 무기력했거나 아팠거나 타인과의 관계에서 힘들기도 했지만 어떻게 작업에 몰두하면서 사진가의 길을 가고 있는지, 동시대를 살아가는 예술가의 진솔한 이야기는 또다른 울림을 줄 수 있을 것이다.

책 한 권으로 나 자신의 성찰, 평생 간직하고픈 자서전 집필, 특별한 작품 감상, 사진가의 삶 엿보기 등등 다양한 볼거리, 할 거리를 얻을 수 있는 '특별한 인생 책'을 내보자는 것이 결국 이 책을 세상에 내놓은 이유이다.

이 책은 기획을 함께 한 국내 유일의 사진예술정보 포털사이트 포토마(www.fotoma.co.kr) 하춘근 대표와 출판을 허락해준 리즈앤북 출판사 김제구 대표 덕분에 세상에 나왔다. 지면을 통해 감사 인사를 드린다.

이제 '나'를 알아가는 여행을 떠나보자!

2020년 초겨울. 작가 정연 씀

목차

PART 1 | '나' 란 녀석

＊

뭘 해도 나로부터 시작되어
나로서 종결되는 것이 세상이고 삶이다!
그런데 아직 나를 타인의 시선에 맡긴 채 깊이
들여다보지 못했다. 나는 나를 잘 몰랐다.
지금까지 어떻게 적응해왔고 어떤 삶을 원하며
변화해갈지, 그 과정에서 내 안의 어떤 것들이
얼마나 보존되고 풍화되는지⋯⋯.
이제부터 하나하나 나를 알아가고
깊이 바라보는 시간을 갖자!
내가 세상을 제대로 살기 위해
반드시 해야 하는 일이다.
그렇게 명확해진 내가 가족, 절친, 애인, 사회와
어떤 영향을 주고받게 되는 것이다.

세상이 뒤집혀도
'나'다!

코로나19로 세상이 바뀐다고 하고 4차 산업혁명 시대를 맞아 신인류로 변화해야 한다고들 한다. 사실 인류의 역사는 끊임없이 변화해왔지만, 개인은 전쟁, 가난, 역병, 지배와 억압의 험난한 세파에 적응하며 생존해왔다.

거대한 이야기도 필요 없다. 만원버스, 지옥철 속에서 사람들과의 부대낌을 견디고 후줄근해진 모습으로 뛰어간 일터에서 또다시 타인들과의 부대낌을 견디는 매일매일이 '나'의 생존사(史)이기도 할 것이다.

시시각각 크고 작은 변화와 시련의 불안감 속에서 견디고 생존하기 위해 꼭 붙들고 있어야 하는 것은? 바로 '나'다. 가족도 절친도 애인도 그보다 우선일 수는 없다. 바로 나다!

거친 파도에 시달린 돌멩이는 결국 빤질해지고 왜소해지겠지만 내가 바라봐야 하는 것은 파도가 아니라 변화한 돌멩이다. 세파에 적응해 변화되는 나를 제대로 이해해본 적이 있는가? 거대하고 냉혹한 세상의 풍파를 탓하기 전에.

내가 나를 제대로 파악하지 못하면 어떤 변화의 바람에도 한 걸음 내딛을 힘을 만들기 어렵다. 남들이 나에 대해 함부로 평가하고 규정짓는 것을 참아오다 '그런가 보다!' 여기게 될 수도 있다.

나는 '나'에 대해 얼마나 깊이 파보았는가? 나를 사회적 관습과 관계들이 규정한 대로만 이해하고 있지 않은가? 누구의 딸, 아들, 누구의 엄마, 아빠, 어느 직장 직급의 아무개, 누구의 여친, 남친, 대한민국 어느 도시 몇 살로 살고 있는 시민, 무슨 취미가 있고 어느 동호회에 속하고 내성적 또는 외향적인 남, 여……. 겨우 이 정도?

정말 행복하고 싶지만 타인의 잣대에 의한 인정으로 그렇게 되는 것이 아니란 걸 살아볼수록 알게 된다. 나를 가장 잘 알게 된 내가 나를 인정하는 순간 비로소 "참 잘 살았다. 나는 내가 자랑스럽다. 행복하다" 하고 분명하게 말할 수 있다.

뭘 해도 나로부터 시작되어 나로서 종결되는 것이 세상이고 삶이다! 그런데 아직 나를 타인의 시선에 맡긴 채 깊이 들여다보지 못했다. 나는 나를 잘 몰랐다. 지금까지 어떻게 적응해왔고 어떤 삶을 원하며 변화해갈지, 그 과정에서 내 안의 어떤 것들이 얼마나 보존되고 풍화되는지……

이제부터 하나하나 나를 알아가고 깊이 바라보는 시간을 갖자! 내가 세상을 제대로 살기 위해 반드시 해야 하는 일이다. 그렇게 명확해진 내가 가족, 절친, 애인, 사회와 어떤 영향을 주고받게 되는 것이다.

with the art

© NAM JUNE

작품 남준 사진가의 '티베트 야칭스 명상 공간'
Transcend time and space, 작품 크기 38X120cm, 2011년 작
사진가와 작품 정보 : 포토마(www.fotoma.co.kr)

중국 쓰촨성 고산지대에 조성된,
티베트 닝마파 승려들의 수행처 야칭스.
비구니(여승려)와 비구를 비롯한 수행자들이
한여름의 뜨거운 태양 아래에서도, 한겨울 영하의 날씨에서도
명상과 기도를 위해 판자와 천막으로 직접 지은 개인 기도소에서
일정시간 머물며 명상 수행을 이어간다.
고요 속에서 비로소 내 영혼이 맑아지는 시간을 보낸다.

사진가 남준

바쁘게 살았을 때는 보이지 않던
나를 만난 순간

판화를 전공했으나 졸업과 동시에 친구와 인터넷방송국을 만들어 PD로 살았었다. 한동안 촬영과 편집으로 밤새우는 날들이 이어졌다. 회사가 한 때 성장도 했지만 어느날 모든 것을 정리했다. 젊은날의 뜨거웠던 열정이 식은 자리에는 냉랭한 허무함이 자리잡았다. 그렇게 한동안 무기력하게 '존재만 했다'.

내가 정말 하고 싶은 일은 카메라로 세상을 담는 일이었지만 원하던 대로 살 수 있을까 하는 회의감에, 문득 삶이 무의미하게 느껴지기도 했다. 다시 돌아올 생각도 없이 한국을 떠났다. 당시 중국 공안의 감시가 심했던 티베트에서도 외국인 여행이 자유롭지 못한 특정지역들을 40kg 배낭을 메고 여러 루트를 찾아 들어갔다. 십오 년도 훨씬 전의 일이다.

고원지대의 세찬 바람과 혹독한 추위를 견디며 정처없이 떠도는 처지임에도 불구하고 몸이 힘들수록 그곳의 일상은 내게 평안을 주었다. 그곳에는 내가 책임져야 할 것도, 의식해야 할 시선도 없었다. 척박한 자연환경 속에서도 매일 기도하고 감사해하는 행복한 사람들의 모습이 늘 눈에 들어왔다.

누가 시키지도 않았고 엄격한 규율이 있는 것도 아닌데 승려들과 그를 따르는 수행자들, 그들을 돌보는 가족이 함께 마을을 이루면서 지낸다. 하루 일정시간을 기도소에 들어가 명상을 하고 수행을 한다. 자신의 기도소를 판자와 천막으로 직접 짓고 들어앉아 스스로 자신을 바라보는 사람들. 일상을 잠시 멈추고 나를 향해 떠나는 사람들이 보여준 '나다움'이 충만한 삶…….

그들을 바라보다, 몸짓과 표정으로 대화하다, 새로운 이웃이 되었고 그들의 삶을 카메라에 담을 수 있었다. 그 순간순간을 바라보고 그날그날 촬영한 이미지들을 보며 비로소 나를 바라보게 되었다.

한국에서 책임져야 하는 일과 관계 속의 나를 버리고 비로소 만난, 까마득히 잊고 있던 나를 마주할 수 있게 되자 비로소 한국으로 돌아왔다.

지금까지 사진작업을 하며 세상과 소통하는 나로 살고 있다. 나를 감싸고 있던 외피들을 모두 벗고 불안과 헛된 욕망을 내려놓으면 비로소 간절한 내가 보인다는 것을 경험하게 해준 티베트 이웃들께 감사드린다. 나를 잃어버린 채 맹목적으로 달려가다 지쳐 주저앉았던 그 시절을 벗어날 수 있게 해준 분들과 그 기회를 갖게 한 나 자신에게도…….

작품 남준 사진가의 '티베트의 승려'
See One's Mind 작품 크기 90X60cm, 2017년 작
사진가와 작품 정보 : 포토마(www.fotoma.co.kr)

my story

내가 아는 나를 말해보자. 시시콜콜…….

나를 누구의 눈으로
보아왔던 걸까?

"제가 그렇죠, 뭐."

'난 왜 이 모양이냐!'

'이번 생은 망한 것으로…….'

누구나 할 수 있는 실수를 할 때도 스스로 이런 말을 한다면? '나는 그런 사람이기 때문'이어서가 아니라 내가 그렇게 생각하고 있는 것일 뿐.

중대한 잘못을 저질러 자신과 타인에게 손해를 입히게 되어도 그렇게 말하지 않는 사람들이 많다. 악의적인 것이 아니라면 그것은 준비 부족이거나 현재까지 능력의 한계일 뿐 '본래 그런 사람'이어서가 아니다!

크고 작은 실수와 잘못을 할 때마다 왜 자신을 비하(卑下)

모드에 가두는가? 심리학, 정신분석학, 정신건강의학과 등등 인간 정신을 연구하고 치료하는 분야의 전문가들이 말하는 공통점은 유년기 부모님이나 주변 어른들로부터 그런 마음의 씨앗이 심어졌다는 것이다.

나 스스로 타인과 세상에 대해 방어하기에는 너무나 무력하고 무지했던 어린아이일 때 부모가 내게 훈육의 명분으로 비난의 말을 해왔고 그 최면에서 스스로 헤어나오고 있지 못했던 것뿐이다. (그 어른들도 자신의 유년기에 주위 어른들에게서 그런 마음의 씨앗을 본의 아니게 받게 되었고 이 악순환이 대물림 된 것.)

'난 그런 사람이다.' 라는 생각은 결국 타인의 관점과 감정에 의해 만들어진 것일 뿐 사실이 아닌데 언제부턴가 그것이 내가 결심하고 행동하는 데 발목을 잡거나 핑계 또는 최면효과를 만들고 있는 것은 아닌지……

"나 어떤 것 같아?"
"네가 보기에 난 어떤 사람이야?"
친구에게 나에 대해 물어보는 이들도 있다. 타인의 시선 속 나를 나로 바라보려 하는 것이다. 친구가(타인이) 나에 대해 어떤 규정을 한다면 그 말은 참일까?

나에 대해 나를 포함해 그 누구도 함부로 단순하게 규정지을 수 없다. 나에 대해 왜곡되거나 편협한 생각이 굳어질수록 자기최면효과로 실수가 더 늘거나 원하지 않는 방향으로 행동하게 된다.

© 일러스트 Keun

"미안해. 내가 컵을 쓰러뜨리는 바람에 옷에 얼룩이 생겼네."
실수나 잘못 앞에서 나를 비하하는 게 아니라 실수나 부족함을 '구체적으로' 인정하고 원인에 대해 객관화시켜 말하는 노력을 하자. 구체적인 실수로 이런 일이 생겼다는 것을 나와 상대에게 인지시키면 그 다음 생각나는 것은 자신에 대한 비난모드가 아니라 수습할 방법에 대한 것이 된다.

"이번 일은 이런 점을 제가 미처 확인하지 못해 이렇게 되었네요. 죄송합니다. 이렇게 보완하겠습니다."
일에 대해 지적을 받는다면 일에서 부족한 점을 구체적으로 말함으로써 당신이 사람으로서 부족한 것이 아니라 능력에서 아직 부족한 점이 있음을 인지하고 있다는 것을 보여주면 된다.

이제부터 내 안에 들어와있던 부모나 타인의 시선으로 나를 바라보지 말자. 나도 아직은 나 자신을 모두 알지 못한다. 살아가면서 내가 성숙해질수록 새롭고 더 깊이 있는 내 모습들을 마주하게 될 것이다. 그러니 제발, 함부로 나를 얕잡아보는 오류를 범하지 말자.

작품 정혜원 사진가의 '아이슬란드 풍경' 연작 중
Iceland (be consoled) 11 작품 크기 90X90cm 2018년 작
사진가와 작품 정보 : 포토마(www.fotoma.co.kr)

버킷리스트로 넣어두었던 오로라를 보기 위해
그해 2월 찾았던 아이슬란드는 추위를 두려워하는
사진가에게는 만만치 않은 곳이었다.
안개와 눈보라에 익숙해지게 되는 그 동토의 땅은
처음에는 짙은 설경과 혹독한 추위, 고독한 풍광으로 다가왔다.
시간이 지나면서 그 속에서 견디며 자신을 위로하는
나의 새로운 모습을 발견하게 되었다.
내 안의 나를 바라보게 되면서 비로소 겨울왕국 속에서
살아가는 따뜻한 생명들이 눈에 들어왔다.
내 시선을 온전히 찾게 되자 찾아온 순간들이었다.

사진가 정혜원

온전히 나의 눈으로 바라보게 되자
새로워진 나, 세상

성실한 직장인, 좋은 엄마, 한 가정의 아내로 최선을 다해 살아온 삶을 합친 것이 내 전부인줄 알았다. 사회에서, 관계 속에서 주어진 역할이 곧 나란 생각에 젖은 채 오랜시간을 살았다.

그런 내가 깨어나는 순간들이 왔다. 아프게 왔다. 믿었던 사람으로부터의 배신, 사랑하는 가족과의 이별로 깊은 슬럼프에 빠졌다. 그 때문인지 건강에도 이상신호가 나타났다. 그제서야 나는 내 안으로 시선을 둘 수 있었다.

그렇게 나에게 눈뜬 내가 과거의 나와 이별하고 새로운 나를 만나는 일은 카메라를 들고 밖으로 나서면서 시작되었다. 전 같으면 내 좁은 세상에서 충실히 해야 하는 이런저런 일 때문에 엄두도 내지 못했을 도전이 그렇게 이어졌다.

내게는 미지의 섬처럼 느껴진 마다가스카르, 동토의 땅 아이슬란드를 비롯해 세상 곳곳을 헤집고 다니며 낯선 사람들을 만나고 그 곁에 잠시 살아보기도 하면서 사진작업에 집중하게 되었다. 중년에 대학원에서 사진을 배우고 사진전시들을 열고 사진작가로 살고 있는 현재에 이르기까지, 예전 삶의 울타리 안에서 살던 나라면 할 수 없는 일들을 해왔다.

나에게 씌워져 있던 단단한 고정관념, 내 안에 들어와 있던 타인의 시각, 관계에서 주어진 역할로부터 비롯되는 시선들을 깨고 나오지 못했다면 이룰 수 없는 것들이었다.

나의 본질을 이해하고자 하는 마음, 나를 믿고 느린 변화를 기다려주는 마음, 내안의 목소리에 귀기울이는 마음이 생기자 세상도 타인도 달리 보였다. 카메라에 담고자 한 것들도 내 새로운 마음으로 본 사람들, 그들이 사는 세상, 거기에 담긴 나의 변화된 시선들이었다.

지금도 직장을 다니고 가족을 돌보고 내몸을 관리하는 일상을 살아간다. 그러나 순간순간 내가 맞다고 생각한 삶을 선택하며 산다. 언제든 원하는 촬영계획에 따라 스케줄을 잡고, 시간을 조정하며 새로운 도전을 위해 밖으로 나선다.

어느날 다른 사람이 되어 산다는 것은 비현실적이다. 나를 존중하고 믿으며 내 기준으로 삶을 사는 것이 중요하다. 삶의 아픔과 시련을 겪으면서 내게 눈뜨고 나니 '이런 것도 해보자.', '내가 이런 일도 할 수 있구나.' 하는 대견함과 농도 짙은 보람도 생긴다.

사랑하는 아들에게, 후배들에게도 알려주고 싶다. "너의 시선과 자신에 대한 믿음을 가져라. 역할로 규정된 좁은 세상 밖으로 나서는 순간 더 많은 경험을 하게 되고 그만큼 행복이 커진다!"

북해도 BIEI에서 촬영중인 정혜원 사진가

my story

내가 나에 대해 해왔던 말들을 적어보자.
나를 어떤 사람으로 규정해왔던가?

이 습관은 어디에서
시작됐을까?

문을 닫다가 다시 열어본다, 뭔가 빠뜨린 게 있지 않을까 해서.
방바닥에 떨어진 머리카락을 보면 바로 테이핑질.

여럿이 먹을 때 내 접시에 먹을 걸 담아두고 다시 다른 음식을 집어온다.

매일 홈쇼핑 채널을 돌려본다. '어머 이건 꼭 사야 돼.' 결제하고 나면 뿌듯……

잠시라도 가만히 있으면 불안하다. 무언가 일을 만들어 해야 마음이 편하다.

사귀다가 늘 먼저 이별할 이유를 찾는다. 내가 차일 수는 없으니까.

매일 하게 되는 소소한 습관들은 물론, 매월 경제적 부담을 주거나 심신의 건강을 해치게도 하는 좀더 심각한 습관들에 이르기까지 반복되는 습관들은 대체 언제부터 나와 함께한 걸까? 그간 습관에 대해 진지하게 생각해보지 못했다면 이제 할 때가 되었다. 나의 습관들을 꺼내보고 평가해보고 어찌할지 고민해보는 일.

습관은 자기보호 본능으로 생겨난 것과 심리적 요인에 의해 특별히 만들어진 것으로 나눌 수 있겠다. 습관이 없는 사람들은 없다. 나의 습관들은 특별해 보이고 때로는 부끄럽게 느껴지기도 하지만 다른 사람들도 저마다 그런 습관들이 있다. 그리고 저마다 그 이유도 있다.

밥을 먹으면 으레 양치질을 하는 습관처럼 어릴 때 배운 것이지만 내게 건강과 안전을 가져다주는 좋은 습관들, 아침에 커피 한두 잔은 꼭 마시는 습관처럼 우연히 시도해보고 좋아서 반복하게 되는, 해롭지 않으면서 쾌락을 주는 습관들은 나를 위한 것이다.

그런데 사랑 하고 몇 달쯤 지나면 이별을 상상하고 헤어질 핑계를 찾는 일을 반복하거나 쇼핑의 합리적 이유를 찾아 '클릭질'을 수시로 하는 습관 같은 것은 어떨까? 내게 우울감이나 후회를 가져오는 습관들은 어떻게 해야 할까?

습관을 만드는 마음은 유년기에 시작되었을 수 있다. 엄격한 부모의 야단, 잔소리 훈육의 경험들이 성인이 되어도 여전히 내가 실수하는 게 없을까 불안감으로 작용해, 집을 나서다 다시 문을 열고 안을 확인하는 습관을 만들 수도 있다.

실패의 경험이 누적되면서 낮아진 자존감이, 사랑이 나를 떠날 것이란 막연한 불안감과 우울감을 형성하고 먼저 이별을 고하는 습관으로 이어질 수도 있다.

사실 습관들은 내가 세상에 적응하느라 애써온 흔적일 것이다. 불편하고 두려운 외부 자극에서 자신을 방어하고자 하는 본능과 보상심리로 작동되고 있는 것일 수 있다.

그렇다고 '습관=나'는 아니다. 습관은 나에 대한 일종의 신호다. 내가 무엇을 불안해한다거나 두려워한다거나 욕망한다는 등의 내면으로부터 오는 신호. 그것을 인지하면 습관의 교정도 쉬워진다.

어떤 습관은 평생 함께해야 하지만 어떤 습관은 빨리 고치자고 결심하게 한다. 그런데 마음처럼 되지 않는 질기고 질긴 게 습관이다. 딱 잘라내기가 어렵다. 그만큼 습관의 변화는 도전이고 곧 내 성장이다.

만약 내게 단 하루가 남아있어 지나온 삶을 되돌아보게 된다면 이 습관으로 인해 어떻게 살아왔을지 상상해보자. 쇼핑홀릭, 머리카락 제거하느라 쓴 에너지들, 무엇 때문에 벗어나지 못했을까 싶은 반복행동들의 가치와 의미를 진지하게 생각해보자.

습관의 개선 기준은 '나에게 진정 좋은 것인가'이다. 내게 나쁜 습관으로 분류된 것들을 고치겠다고 서두르지 말자. 서둘러 될 일이 아니다. 먼저 습관을 갖게 된 나를 위로하자. 그리고 찬찬히 한 걸음씩 습관으로부터 멀어져보자. 그런 나를 매일매일 의식하고 칭찬해주자.

식탐이 고단한 일상과 불안한 미래에 대한 보상이라면 건강을 해치지 않는 선에서 이로운 습관으로 변화시킬 수 있다. 달달한 것을 못 끊는다면 채소와 함께 먹음으로써 양조절을 유도할 수 있고 채소 먹는 것이 습관이 되면 해로운 음식도 그만큼 덜 먹게 될 것이다.

그간 살고자 애쓴 내게 흔적이 된 습관을 그렇게 잘 떠나보내자. 그 과정을 즐겨보자. 그 속에서 알게 될 것이다.
'나 괜찮은 사람이네!'

작품 하춘근 사진작가의 '팔방(八方)에서 응축한 독도'
Dokdo Island 작품 크기 105X240cm 2015년 작
사진가와 작품 정보 : 포토마(www.fotoma.co.kr)

독도를 팔방(八方)에서 각 촬영한 8개 이미지들을 응축해 표현한
작품이다. 팔방은 동서남북 사방(四方)과 그 사이의 동북·동남·
서북·서남의 사우(四隅)를 가리키는 말로, 전 방위를 의미한다.
한 방향만 바라보고 촬영하는 습관을 벗어나 전 방향에서 촬영한
독도 이미지들을 응축함으로써 독특한 아우라를 느끼게 한다.

사진작가 하춘근

습관처럼 익숙해지면 묻는다.
'이대로 괜찮은가?'

등산이나 스쿠버다이빙을 비롯해 다양한 여행을 하면서 발견한 멋진 풍광을 카메라에 담는 것을 즐기던 때가 있었다. 그런데 이처럼 '이미지 채집인'으로 살아가는 것만으로는 만족할 수 없었다. 너무나 멋진 이미지들이 하루에도 상상할 수 없을 정도로 쏟아져나오고 있기 때문이다.

의심해보지 않던 그 익숙한 일들이 어느날부터 이상하게 느껴졌다. '나는 왜 이렇게 사진을 찍지? 다른 방법은 없나?' 하는 자각도 하게 되었다. 그렇게 되기까지 나 스스로 의식하지는 못했지만 지금까지와 다른 새로운 도전에 목말라 했기 때문이리라.

십대 때부터 가족과 떨어져 스스로 학업과 생계를 책임져야 했다. 어려운 생활 속에서 어떻게 하든 성공하고 싶다는 열망을 키웠다. 그 시절부터 더 나은 내가 되기 위해 순간순간 '이대로 괜찮은가?' 하는 자문을 해왔다. 가정을 책임지는 가장으로서, 작은 회사를 꾸려가는 경영인으로서, 40대부터 갖게 된 또 하나의 커리어인 사진작가로서 살아가는 지금도 익숙한 습관을 돌아보곤 한다.

 매 순간순간 자신에게 '지금 이대로 괜찮은가?' 묻는 일 역시 몸에 밴 습관일 수 있겠다. 현재에 대한 불안과 미래에 대한 희망이 공존하는 속에서 키워온…….

사진작가로서 늘 새로운 세계를 보여주고 싶은데 그러려면 자신에게 습관처럼 익숙해진 것이 아닌, 전에 하지 않았던 생각과 도전으로 작업을 해야만 한다. 카메라로 대상을 '찍는' 것은 카메라가 발명된 이래 오랫동안 해온 습관 같은 일이다.

한 장의 사진으로 스토리를 풍성하게 만드는 데 한계가 있다면 전하고 싶은 스토리 장면들을 다양하게 촬영하고 이들을 응축해 주제를 드러내는 함축적인 이미지를 만들면 어떨까?! 그런 고민과 시도들 속에서 스스로 'BIG EYE'라 명명한 새로운 이미지 장르를 탄생시켰다. 전하고 싶은 장면이 모두 담기면서 하나의 주제가 명료해지는 새로운 응축적 이미지의 창조는 익숙한 것을 벗어나고자 노력해온 결과이다.

그렇게 탄생한 작품들에 대해 누군가는 사진인줄 몰랐다거나 사진의
전형적인 물성(物性)을 뛰어넘은 새로운 개념이라는 평을 해주기도 한
다. 습관처럼 내게 달라붙어 있던 익숙함을 자각하고 새로운 시도를 하
지 않으면 창조는 이루어지지 않을 것이다.

촬영 전 기획아이디어를 정리하는 하춘근 사진작가의 작업노트

my story

내가 고치고 싶은 습관들을 적어보자.
언제부터였는지, 왜 그렇게 된 것인지 떠올려보자,
고치기 위해 우선 시작할 것(지키기 쉬운 것부터)과
이후 몇 단계 실천계획을 세워보자.

입만 열면
꼭 하게 되는 말

"아 짜증 나!"

"내가 어떻게 해?"

"만약에 아니면?"

"네가 그러지만 않았어도…….."

"내가 뭐랬어?"

"하지 말았어야 했는데…….."

　내가 습관처럼 자주 하는 말들은 무엇이고 그 안에 어떤 마음이 담겨있는지 생각해본 적이 있는가? 나한테 이런 일이 일어나서는 안된다는 저항과 분노의 표현, 아직 일어나지 않은 일의 실패를 먼저 걱정하거나 회피하고자 하는 감정적 표현들을 많이 한다면 '부정적인 사람, 자신감이 부족한 사람, 책임감이 부족한 사람'으로 보이게 할 수 있고 그런 말 때문에 내게 올 행운을 나도 모르게 걷어찰 수도 있다.

짜증을 수시로 표현한다면 불쾌하게 느껴지는 일에 대해 자신이 어찌할 수 없어 드는 감정을 자주 터뜨리는 것일 수 있다. 내가 짜증 난다고 생각한 그 일이 누가 봐도 그럴 만한가, 내가 이해보다 배척하는 모습을 정당화하려고 표현하고 있는 것은 아닌가 생각해볼 필요가 있다.

어떤 점이 불쾌하다고 말하는 것과 짜증 난다고 하는 것은 다르다. 자신의 감정을 제대로 전달하고 개선을 바란다면 어떤 말을 해야 할지 난 이미 알고 있다. 그런데도 짜증 난다는 말을 습관처럼 뱉어버린 순간 자신은 스트레스에 휩싸이고 주위에 '짜증쟁이'로 비칠 수 있다.

© 일러스트 Keun

"나는 못한다."는 말을 이런 표현, 저런 표현으로 자주 한다면 내게 올 좋은 기회들이 그만큼 줄어들 수 있다. 설사 실패한다 해도 그 지점에서 배울 수 있는 성장의 자양분까지 애초에 포기하는 것이다.

실패에 대한 두려움은 누구나 갖고 있고 다들 실패를 경험한다. 정말 내키지 않은 것이 아니라, 하고 싶은 마음이 있긴 하지만 결과에 대한 막연한 불안감 때문에 먼저 거부하는 것이라면 이젠 도전의 용기를 낼 때! 실패에서 배우고 성장할 때!

남 탓이나 책임전가를 하는 말은 내가 못난 사람이라 여겨질 것을 두려워해 회피하고자 하는 마음 때문일 수 있다. 내가 원하지 않던 그 결과의 원인은 100% 그(그녀) 때문이었을까? 내가 확고하게 결정하지 못해 일어난 것은 아닐까? 내가 그였어도 비슷한 결정을 하지 않았을까? 여하튼 굳이 남을 탓하는 게 실제로는 내게 득이 되지 않을 것이다.

중요한 것은 '지금 벌어진 일을 어떻게 할 것인가'이지 과거 누구 때문이라는 원망을 물고 늘어지는 것이 아니란 것을 이성적으로는 이해하고 있다. 다만, 내가 비난받고 싶지 않아 상대를 원망하는 말을 하는 것뿐이다. 내가, 실수한 타인을 용서할 수 있는 너그러운 사람으로서 행동하는 것도 멋진 일!

살면서 일어나는 모든 일들이 내가 주인공인 무대에서, 내가 맞닥뜨린 게임이고, 내가 기꺼이 처리해 나갈 몫이란 인식을 해보면 나의 언어 선택은 지금보다 더 좋아질 수 있지 않을까!

작품 김동우 사진가의 '중국 왕청현 태극기 동굴'
작품 크기 77X100cm 2019년 작
사진가와 작품 정보 : 포토마(www.fotoma.co.kr)

만주 벌판 깊은 계곡에서 발견된
동굴의 외벽에 새겨진 것은
태극기와 '대한독립군'이란 글자, 그리고 이준,
양희, 지승호, 장태호 애국지사들의 이름이다.
국내뿐 아니라 세계 곳곳에서도
독립을 열망하던 선조들이 자나 깨나 하던 말은
우리가 짐작하는 바로 그 말일 것이다.
험난한 이곳 동굴 벽에까지 힘겹게 새겨 넣은
그 마음과 같이…….

사진가 김동우

행복하지 않아 멈춘 일상의 끝에서
새롭게 열린 길

신문사 기자로 직장생활을 시작했다. 시간이 지날수록 행복하지 않다는 생각이 이어졌다. 입만 열면 불평과 한숨이 나오던 때였다. 여행을 다니며 촬영을 하기 시작했다. 대학 신문기자로 활동하며 사진을 접했던 이십대의 열정이 되살아나는 것 같았다.

우연히 인도 여행길에, 뉴델리 레드포트에서 우리 광복군이 당시 영국군과 함께 훈련했다는 사실을 알게 되었다. 독립을 위한 무력항쟁을 준비하기 위해 멀고 먼 타국까지 와서 문화도 다른 외국인들 속에서 군사훈련을 받은 것이다. 머리털이 쭈뼛 섰다. 해외의 독립운동 사적지를 찾아보니 아시아는 물론, 유럽에서 중남미에 이르기까지 상상도 못했던 세계 곳곳에 있었다.

세계 일주의 계획을 버렸다. 직장생활을 더는 하지 않기로 했다. 전 세계

독립운동의 현장을 찾아 나서기로 하고 가진 것을 처분했다. 그렇게 해서 2017년부터 지금까지 중국, 인도, 멕시코, 쿠바, 미국, 러시아, 네덜란드, 카자흐스탄, 우즈베키스탄, 만주, 일본 등의 독립운동 현장을 다녔다.

여행이 아니라 찾아 헤매는 여정이었고, 알려지지 않은 낯선 곳에서 어렵게 후손들을 만나 이야기를 듣고 사진으로 현장을 기록하는 작업의 연속이었다. 현지 대사관, 한인회, 종교단체 등 도움을 구할 만한 곳들에 연락하고 후손들을 수소문하고 연락을 기다리고 통역을 구해야 하는 지난한 과정들의 연속이었다.

기록에 나와있는 사진 한 장과 이름만으로 독립운동 유적지를 찾는 과정은 험난했다. 부정확하거나 틀리게 기록된 곳도 많아 헛걸음도 예사였다. 지금은 그 어떤 흔적도 찾아볼 수 없게 변해버린 현장을 만나면 아득해졌다.

나 혼자 감당하기 벅찬 일이었는지 모른다. 너무 지치고 막막하게 느껴지는 순간들도 있었다. 그러나 멈출 수가 없다. 앞으로도 일본, 동남아, 국내 곳곳의 독립운동역사의 흔적을 찾아 사진으로 기록할 계획이다. 우리가 꼭 기억해야 하는, 지금도 이어지고 있는 우리의 역사가 사라지고 있기 때문이다.

안정적인 직장생활을 할 때는 늘 불평과 한숨이 새어나왔는데, 주위에서 '뭘 그렇게까지 해야 하나!' 하는 걱정을 듣게 되는 지금은 오히려 불평을 하지 않게 되었다. 너무나 고되고 감정적으로 힘든 순간을 맞곤 하지만, 독립운동가의 후손을 만나 이야기를 듣고 현장에서 당시 선조들의 독립에 대한 열망을 사진으로 기록하면서 나 자신도 새로운 눈을 뜨게 된 것이다.

tvN "유퀴즈 온 더 블럭" 방송에서
해외독립운동유적지 사진작업을 소개하는 김동우 사진가

my story

내가 습관적으로 뱉어놓은 말들을 적어보자.
그 속마음도…….

왜 그 말에
유독 화가 날까?

다른 사람들은 좀 불쾌해도 그런대로 넘어가는데 난 하루 종일 생각나고 가슴에 걸리는 말들이 있다.

"그것도 몰라?!"
"꼬라지 하고는……."
"너 때문이잖아."

나를 못난 사람으로 낙인 찍는 말이나, 내가 원하는 대로 상대가 들어주지 않고 무시하듯 내뱉는 말처럼 거슬리다 못해 상처가 되는 말들이 있다.

들으면 불쾌할 수 있지만 흘려버리거나 가볍게 되받아칠 수도 있는 그 말들이 왜 유독 나를 찌르는 걸까? 원인을, 말한 상대가 아닌 내 안에서 먼저 찾아보자.

© 일러스트 Keun

　상처받은 마음의 맨 밑바닥에서, 어릴 때 부모나 주위 어른들이 내게 한 비난의 말에 의기소침해 하던 아이의 모습이 떠오를 수 있다. 그 아이의 잘못이 아니고 어른의 행동이 잘못이었다는 것을 이젠 이해한다.

　나에게 상처가 되는 말을 하는 그 사람 역시 그렇다! 그도 자신이 내뱉은 말과 비슷한 말로 누군가로부터 상처를 받았을 것이다. 자신에게서 가장 싫은 부분을 타인에게 투사한다고 심리상담 전문가들은 이야기한다.

　심각한 언어폭력이 아니라면 말보다 그 말에 걸려 넘어지는 내 마음을 먼저 바라보자. 그 마음부터 추스려보자. 난 우연히 상처를 받았지만 내 잘못이 아니었고 이젠 괜찮(아지고 있)다. 사람은 누구나 모르고 실수를 하고, 못나 보일 때가 있다. 그런 자신을 의식해 애써 알려고 하고 나아지려 노력해가는 것이다. 상황을 보다 객관적으로 볼 수 있게 되면 나를 힘들게 했던 말들이 들릴 때 상처를 덜 받게 된다.

다른 사람에게 상처 주는 말을 잘하는 그 사람을 한발치 떨어져서 보자. 그도 상처를 받은 아이 때가 있었던 것이다. 그 성장과정을 불쌍히 여기자. 그의 언어습관을 바꿀 수 없다면 적어도 그가 내뱉는 말에 휘둘리지는 말자. 피할 수 없다면 '또 저러네.' 하며 속으로 무시하고 그럭저럭 견디는 요령을 터득해보자.

그를 놓고 편 가르기나 험담을 하는 것은 금물. 갈등은 커지고 내 스트레스와 에너지 낭비도 극심해질 테니까. 나 역시 그와 똑같은 수준으로 끌어내려질 것이다.

© 일러스트 Keun

나는 그와 다르다! 남에게 상처가 될 말을 의식해서 조심하는 사람이다! 포용력 있고 편하게 이야기하고 싶은 사람이 된다면 나를 좋아하는 사람들이 많아지고 말에 상처받는 일도 아주아주 줄어든다. 그런 사람이 되기 위해 나에게 집중하자.

티베트 설산에 많은 룽다(Lungda)가 꽂혀있고
정상에는 타르초(Tharchog)가 삼각의 형태로 줄지어 있다.
룽다는 티베트 전통종교인 라마불교의 경전(부처의 가르침)을
천에 적어 세운 깃발이다. 사각형 천에 경전을 새겨
긴 줄에 주욱 매달은 것은 타르초이다.
룽다와 타르초는 진리의 말씀이 바람을 타고 세상 곳곳에 전해져
중생이 해탈에 이르고 우주에 평화가 충만하길 기원하는
티베트인들 가치관의 상징이다.
남에게 상처주는 말들이 난무하는 세상에
룽다와 타르초의 마법이 펼쳐지길 바라본다.

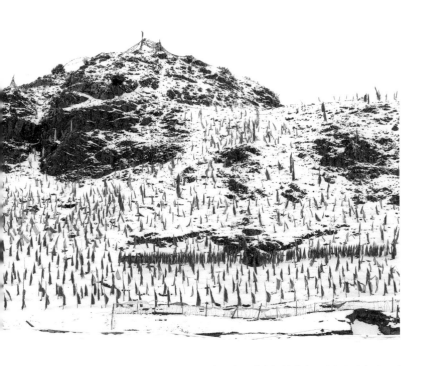

작품 남준 사진가의 '티베트 설경_룽다와 타르초'
Transcend time and space 작품 크기 54X100cm 2011년 작
사진가와 작품 정보 : 포토마(www.fotoma.co.kr)

사진가 남준

바람이 전해주는 진언(眞言)을
믿는 사람들의 세상

티베트와 북인도에 갈 때마다 눈길을 끄는 것 중 하나가 바람에 나부끼는 형형색색의 깃발들과 펄럭이는 천들의 행렬이다.

그곳의 전통적 종교인 라마불교 경전을 오색(五色)의 천에 적어넣은 것들로, 깃대에 꽂혀있는 것은 룽다(Lungda, 현지 발음으로 룽따), 만국기처럼 긴 줄에 매달려 흔들리는 천들은 타르초(Tharchog, 현지 발음으로 다르촉)라 한다.

룽다와 타르초의 오색은 동쪽과 하늘을 상징하는 파란색, 북쪽과 바다를 상징하는 초록색, 서쪽과 구름을 상징하는 흰색, 남쪽과 불을 상징하는 빨간색, 중앙과 땅을 상징하는 노란색이다. 이 5방위와 5원소는 우주를 상징한다.

이 우주를 나타내는 천에 부처의 가르침인 경전을 적어 바람에 나부끼게 하면 글을 모르는 이들에게도 그 진리가 닿아 해탈에 이르게 되고 평화가 찾아온다고 믿는다. 라마불교권인 티베트와 북인도, 부탄 등에서 전해오는 풍습이기도 하다.

깃발에 매달려 바람에 나부끼는 룽다는 바람 속을 달리는 말의 갈기처럼 보인다 해서 '풍마(風馬)'라고도 한다. 이 바람은 공평해서 어느 누구도 소외시키지 않고 모두에게 진리를 전한다. 또 그렇게 해서 세상에 자유와 평화가 깃들라고, 라마불교권의 사람들은 산에도 마을에도 룽다와 타르초를 만들어 세운다.

험한 길을 떠나야 할 때, 새로운 도전을 시작해야 할 때 티베트 인들은 타르초 아래에서 향을 피우고 오색 종이를 뿌리며 "신이 승리하고 악은 물러간다."고 소리치는 의식으로 자신에게 용기를 북돋는다.

타인을 함부로 평가하는 오만한 사람들과 상처 주는 말을 주고받는 사회에서 살다가, 자연의 힘과 절대적 진리를 믿으며 룽다와 타르초를 통해 평화를 구하는 사람들의 세상으로 건너갔을 때 경외감을 느끼지 않을 수 없었다.

배움이 적어도, 가진 것이 없어도 바람은 공평하게 경전의 진리를 전하고 번뇌를 벗도록 도와준다고 믿는 이들에게는 나도 타인도 번뇌의 고통에 있는 중생일 뿐이다. 타인에게 함부로 나서지 않고 자연과 절대적 진리 앞에 자신을 낮추는 순수한 사람들의 모습이다.

작품 남준 사진가의 '인도 잔스카 포당의 타르초'
Transcend time and space 작품 크기 76.2X114.3cm 2007년 작
사진가와 작품 정보 : 포토마(www.fotoma.co.kr)

my story

내게 상처가 되는 말들을 적어보자.
그 말을 들을 때 어떤 생각이 드는지, 그 말에 왜곡되어
있는 내 본연의 모습에 대해서도 생각해보자.

PART 2 | '나'의 관계

*

비싸고 폼 나는 그런 것들이 없어도
매력적인 사람이 될 수 있다.
더 오랫동안 사람들이 나를 좋아해줄 방법이 있다.
나 스스로 자존감을 회복하고 능력을 키우는 것이다.
'만인에게 인정받고 모두가 좋아하는' 사람은 없다.
내 분야에서 능력을 인정받게 되면
그 분야의 사람들이 나를 가까이하고 싶어진다.
그들의 다른 관계망들로도 나의 관계가
확장될 수 있다.

거절, 부탁, 질문을
망설이는 이유?

    지금 내 상황에서 거절을 해야 하는데 그러지 못한다면 그 이유가 '착한 사람' 콤플렉스 때문은 아닐까? 친구가, 선배가 부탁한 것을 거절한다면 이기적이고 의리 없는 인간으로 보이게 될까 두려운 마음이 깔려있는 것은 아닐까?

    그래서 어려운데 부탁을 들어주게 되면 이후 상대와 자신을 원망하게 되거나 불필요한 스트레스를 받게 될 상황을 상상해보자. 차라리 상대의 마음은 이해하지만 정중히 거절한다는 의사를 지금 표시하는 게 서로 더 이익일 수 있다고 판단하면 그렇게 하자!

    내가 누군가의 도움이 필요한 상황임에도 불구하고 선뜻 주위에 부탁을 하지 못하고 혼자 고민만 한다면, 심지어 괜찮은 척까지 한다면 그 이유가 부탁을 거절당할까 봐 두렵거나 내가 모자라 보이는 게 싫어서는 아닐까? 내 부탁 때문에 그와의 관계가 잘못되거나 나를 오해할까 걱정되어 그런 것은 아닐까?

사람살이는 서로 주고받는 관계가 필수조건이다! 당연한 것인데 나한테는 예외일까? 나도 상대도 언제든 도움을 주고받을 수 있다. 지금 내게 그 흔한 일이 일어난 것뿐이다! 만약 부탁한 사람이 어렵다고 한다면 다른 사람을 찾아가거나 더 나은 방법을 물어봐도 된다. 상대는 나를 거절하는 것이 아니라 그 부탁을 들어주기 어렵다고 말하는 것뿐이다. 인간세상에서 흔히 일어나는 일들이다!

몰라서 답답한데 질문을 망설이게 되는 것은 내가 모자라 보일까 봐, '명색이 ~인데 그런 것도 모르는 사람'으로 오해받을까 봐 신경 쓰여서일까? 시간이 오래 걸리고 답을 찾는 방법도 잘 모르는데 지름길 놔두고 굳이 혼자 헤매고 있다면 내게 좋은 일은 아닐 것이다.

결과는, 해결되지 못한 일로 속상하고 자신을 원망하거나 우울감이 생기고 삶의 에너지와 시간이 낭비되는 쪽으로 흘러가게 된다. 나도 그 누구도 원하는 것이 아니다. 어느 분야 전문가라도 모든 것을 알 수 없고 '아는 척' 속여서도 안

된다. 질문은 모름을 인지하는 고등한 인간만이 할 수 있는 일이고 성장과정의 하나다.

"내가 지금 이런 상황이어서 그 부탁을 들어주기가 어렵다."
"내가 이런 이유로 이런 도움을 필요로 한다. 도와줄 수 있겠나?"
"나는 그걸 모르겠다, 좀 알려다오."

상식적인 사람이라면 이런 말들을 듣는다고 나를 폄훼하지 않는다. 선의의 도움을 주려고 한다. 부탁을 들어주기 어려우면 그 이유를 말하고 정중히 거절할 것이다. 자신도 잘 모르면 그렇다고 말할 것이다. 쿨~하게!

나도 그럴 수 있다. 쿨~하게 거절하고 부탁하고 질문하고 모른다고 말하고……. 나를 비롯해 누구도 타인의 도움 없이 살 수 없고 완벽하지 않으니까!

작품 정혜원 사진가의 '마다가스카르 풍경'
연작 중 JS_5073-1 Madagascar
작품 크기 53×41cm 2016년 작
사진가와 작품 정보 : 포토마(www.fotoma.co.kr)

어릴 때 읽었던 [어린왕자] 책에 나오는
바오밥나무를 언젠가 만나봤으면 하는
소원을 가지고 있었다.
그 나무가 자란다는 마다가스카르 섬을
갈 기회가 2015년 처음 생겼다.
그곳은 비행기를 두 번 갈아타고 가야
하는 멀고 먼 곳이었다.
힘든 여정이었지만 그 여행을 포함해
세 번이나 마다가스카르 촬영여행을 했다.
보존이 잘되어 있는 생태계와
문화유산들 때문만은 아니었다.
이방인에게 마음을 나누어주는
그곳 사람들로부터 사람살이의 참모습을
경험할 수 있었기 때문이다.

사진가 정혜원

친절한 나보다 중요한 것은
자유로운 나

가족을 돌보고 타인에게 친절하려 애쓰며 살아왔다. 가족은 물론, 직장 동료들, 이렇게 저렇게 만난 사람들의 부탁에 힘들어도 최선을 다해주고 싶었다. 내가 남에게 부탁하는 일이 참으로 어려운 것이라서 남도 그런 마음일 거라 생각했다.

나와 같은 마음으로 부탁하는 사람도 있었지만 시간이 지나면서 상대의 시간과 노력을 함부로 이용하려는 사람도 있다는 것을 경험하게 되었다. 그런 깨달음 뒤에는 쉽게 거절하지 못했던 나에게 화가 났다.

사진작업을 하면서 오지 여행을 하는 일들이 많아졌다. 낯선 환경과 긴 일정에 적응하기 어려워 몸도 마음도 고단한 여정일 때가 적지 않았다. 목적을 이루고 여행을 무사히 마치려면 그 어느 때보다 나에게 집중하고 내 몸을 챙겨야 했다. 한국에서의 나와 좀 달라야 했다.

그렇게 마음이 단단해진 채 촬영을 하러 여기저기를 다니면서 그곳 사람들을 관찰하게 되었다. 진지한 언어는 통하지 않았지만 눈과 몸짓으로 이야기를 나누기도 했다. 그들이 이방인에게 마음으로 대하고 있음을 느낄 수 있었다.

내가 만난 그곳 사람들은 가난했지만 여유있어 보였고 타인에게 친절하면서도 자유로워 보였다. 꾸미지 않은 순수한 모습으로 타인에 대한 경계심 없이 함께 어울렸다. 그 곁에서 자연스레 마음이 따뜻해졌다. 부탁을 들어주지 못해도, 일일이 변명하지 않아도, 희생을 종용당하지 않고 이해되는 관계에 대해 새삼 생각하게 되었다. 그곳에 비로소 자유로운 내가 있었다.

그런 추억의 힘이 이후로도 두 번 더 마다가스카르를 찾아가게 했다. 갈 때마다 만난 사람들은 남녀노소 모두 친절하면서 자유로웠다. 다만, 기후변화와 사회개혁으로 인해 환경은 변화하고 있었다. 3년에 걸쳐 만났던 모론다바 해변은 2017년에 갔을 때는 백사장이 모두 사라진 상태였다.

제발, 살아가면서 친절을 일부러 신경쓰고 타인에게 강요하고 상대의
시간을 이기적으로 사용하는 각박해진 세상이 그곳에는 열리지 않길 바
라는 마음 간절하다.

작품 정혜원 사진가의 '마다가스카르 풍경' 연작 중
JS_5073-1 Madagascar 아이들. 작품 크기 30×30cm 2018년 작
사진가와 작품 정보 : 포토마(www.fotoma.co.kr)

my story

내가 망설였던 거절, 부탁, 질문들은?
망설인 이유가 뭐였을까?
다시 한다면 어떻게 말할까?

내 자랑질과 쪽팔림의
한끝 차이

"~는 입만 열면 자기 자랑이야."

뒷담화의 단골 소재가 그의 잘난 척, 자랑질일 만큼 사람들은 그런 행동을 좋아하지 않는다.

혹시 내가 그 뒷담화의 주인공이 될 수도 있을까?

가방, 구두, 옷, 차, 친구의 직업, 친인척 중 유명인 등등 나의 외적인 소재들을 통해 나를 뽐내려 한 적이 있었던가? 내가 한 행동이 남들은 쉽게 하지 못하는 것이라고 이야기해왔던가? 나를 진심으로 대하게 하기보다 내 소유물이나 나와 관계된 특정인만 바라보게 하고 있지 않은가?

그렇다면 왜 '자랑질'을 즐기게 되었을까? 유년기에 불공평하게 느껴지는 애착관계나 부모의 비난으로부터 불안감과 열등감이 생겨난다고 한다. 그 바탕에서 성장하면서 남이 나를 예쁘게 봐주길 바라고 무시되길 두려워하는 마음이 강해지고 이런저런 자랑을 자주 하게 된다고 한다.

내가 소유한 상품이 나는 아닌데, 그런 상품을 살 수 있는 사람이 나뿐인 것도 아닌데 타인을 향해 헛된 애를 쓰고 있었다면 결국 내 열등감을 바탕으로 타인의 시선에 휘둘려 살아온 셈이다. 무리한 외적 치장으로 매월 카드값 감당하느라 머리가 아플 필요가 없고 뒷담화의 주인공이 될 필요가 없는데 말이다.

비싸고 폼 나는 그런 것들이 없어도 매력적인 사람이 될 수 있다. 더 오랫동안 사람들이 나를 좋아해줄 방법이 있다. 나 스스로 자존감을 회복하고 능력을 키우는 것이다. '만인에게 인정받고 모두가 좋아하는' 사람은 없다. 내 분야에서 능력을 인정받게 되면 그 분야의 사람들이 나를 가까이하고 싶어진다. 그들의 다른 관계망들로도 나의 관계가 확장될 수 있다.

고독사 했거나 피살된 이들의 거처를 청소하는 특수청소업체를 운영하고 직접 그 일을 해온 한 젊은 남자가 방송에서 인터뷰를 한 적이 있다. 주위 이웃들이나 유가족으로부터 부당한 대우를 받기도 하고 트라우마를 겪기도 한다고 털어놓는다. 그럼에도 불구하고 그 일의 가치에 대해, 일하는 과정에서 느끼는 보람과 소회에 대해, 트라우마를 극복하고자 텃밭을 가꾸고 가족과 소중한 시간을 보내려 애쓰는 일상에 대해 담담히 이야기하는 모습은 감동적이었고 프로다움을 느끼게 했다.

어떤 분야에서건 능력을 키우고 나를 성장시켜가는 노력에 의해 자존감이 제대로 자리 잡게 된다. 내 표정, 말투, 태도가 그에 따라 당당하게 변화한다. 상품이나 말에 의해서가 아니라 내면에서 자연스레 드러나는 나의 자부심이 느껴져야 많은 사람들이 나를 인정하게 된다. 그 매력이 훨씬 세고 오래간다.

흔히 '쪽팔림'이라고 일컬어지는 일상적인 수치심도 대부분 타인의 시선과 나의 열등감으로부터 나온다. 타인의 시선과 평가는 그들의 욕구와 의도에 의해 정당하지 않을 수 있다. 그런데도 이로 인한 부끄러움의 감정이 나의 자존감을 훼손시키곤 한다. 수치심의 판단 기준은 나한테 있어야 한다.

누구나 얼굴이 화끈거리는 수치심의 추억들을 가지고 성장한다. 사람다워서 수치심을 아는 것이다. 수치심이 없다면 뇌나 심리적인 문제가 있는 것이다. 나는 수치심을 아는 만큼 지극히 상식적이고 건강하다.

다만 내가 부끄러워해야 할 것인지 그럴 필요가 없는지는 내 자신이 판단한다. 내가 자존감을 회복하기 위해 노력하는 만큼 타인의 시선 하에 놓인 그런 감정은 나의 자존감을 훼손시키지 못한다.

이제 내게는 열등감이 아닌 부족한 점을 보완하고 개선해 가는 노력과 더 나은 내가 되기 위한 반성만 있을 뿐이다. 과거 행동에 대해 스스로 부끄러움을 느낄 만큼 성장하고 있고 어제보다 나은 나로 살아가고 있다.

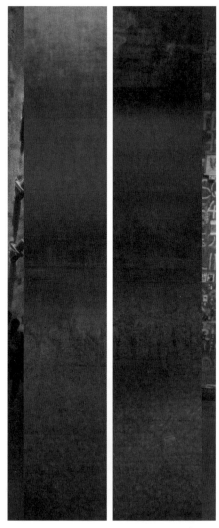

작품 하춘근 사진작가의 '역사의 그림자_월드트레이드센터(WTC)'
soh_WTC 작품 크기 200.1×91.1cm 2017년 작
사진가와 작품 정보 : 포토마(www.fotoma.co.kr)

2001년 9월 11일 테러로 미국 뉴욕 맨하튼의
월드트레이드센터(WTC)가 붕괴되면서 전 세계가 충격에 휩싸인 후
그 현장에 2977명의 희생자를 추모하고 평화를 기원하는
메모리얼 파크(Memorial Park)가 건립되었다.
그 비극의 현장은 '그라운드 제로(Ground Zero)'라고도 불리웠다.
그런데 많은 이들에게 추모의 장소로 인지되던
'그라운드 제로'에서 누구도 주목하지 않았던,
그림자처럼 잘 드러나지 않는 역사적 진실을 드러내야 한다는
생각을 하게 되었다.
그 현장을 기록한 7000여 장의 도큐 이미지들을
응축한 작품 "Shadows of History(역사의 그림자)_
World Trade Center"가 그렇게 탄생되었다.
대중적 인식에 얽매이지 않고 불편한 진실을 통해
작가의 신념을 드러내는 작업은 용기를 필요로 한다.
감사하게도 이 작품은, 당시 현장을 촬영한 수많은 도큐이미지들을
하나하나 타임캡슐 박스에 넣은 설치 조형물과 함께
2020대구사진비엔날레 특별전에서 전시되었다.

사진작가 하춘근

비주류 사진작가의 성장 이야기

나는 대학에서 미술을 전공했다. 사진 전공자가 아니다. 광고 디자이너로 사회 첫발을 디뎠고 작은 마케팅 회사를 운영하기까지 사진은 그저 업무의 부수적인 일이거나 주말 취미거리였다. 40대의 어느 날 지인 소개로 중앙대학교 평생교육원 사진아카데미에 들어가면서부터 사진을 다르게 보게 되었다.

대학에서 운영하는 사진아카데미는 나처럼 비(非)사진전공자들이 사진예술에 대해 배우는, 사회인 대상의 교육 프로그램을 운영하는 곳이다. 나처럼 사회활동을 열심히 하고 있거나 은퇴한 중장년층들이 사진예술 이론을 배우고 출사(出寫 : 사진작업을 위한 목적지에 가서 촬영하는 일)를 다니곤 했다.

3년의 정규 커리큘럼(당시 나의 경우에는 4년)을 마치고 졸업전시를 하면 수료하게 되는데 이후 개인전, 그룹전을 포함해 사진작업을 지속하는 이들은 매우 적다. 작가로 활동하는 일이 쉽지 않기 때문이다. 사진가와 평론가, 전시를 주최하는 갤러리 관장, 전시기획자 등 프로의 세계에서 인정을 받아야 전시를 지속할 수 있다.

예술분야에서 사진이 차지하는 비중은 상대적으로 작지만 이 세계만 들여다보면 너무나 많은 사진가들이 열심히 작업을 하고 있다. 대학에서부터 사진을 전공했거나 카메라를 든 지 수십 년인 이들도 있고 유학파나 국제 전시에서 주목을 받은 이들까지 쟁쟁한 사진작가들이 많다. 그렇기에 갤러리에서 전시를 하고 사진계와 예술대중에게 관심을 받기가 결코 녹록치 않다.

사진아카데미에 재학중일 때부터 이런 고민을 했다. 작가로서의 아이덴티티를 구축하고 기존 사진 장르와 다른 이미지를 정립해야겠다고 스스로 결론을 내면서 두 가지 주제의식을 갖게 되었다.

'사진이미지로 사회적 담론을 표현하기, 사진의 물성을 넘어선 새로운 예술적 이미지를 창조하기'. 이처럼 추상적인 주제를 이미지로 표현한다는 것, 현실 재현의 이미지를 탈피한 새로운 이미지를 만든다는 것은 어려운 도전이지만 '비주류'인 사진작가가 자신의 자리를 구축하기 위한 중요 과제였다.

난 이 도전과제를 완성하기 위해 2017년 주경야독(晝耕夜讀)으로 대학원 석사과정을 마쳤다. 그 사이 나의 사진예술에 대한 고민과 작업과정을 콘텐츠로 정리해 사진예술 입문자와 나누고자 책을 두 권 출판했다. 나와 같은 고민을 하는 독자들로부터 감사 메일도 받았다. 미국 휴스턴 국제 사진페스티벌에 참가해 해외 전시기획자들로부터 초청제안도 받았다. 국내외 전시 기회들이 꾸준히 생겼고 최근에는 2020대구사진비엔날레 특별전에 초대를 받았다.

만약 '난 비주류니까, 내가 어쩔 수 있겠어?' 하는 열등감으로 새로운 도전을 하지 못했다면, 촬영 테크닉이나 카메라 업그레이드에 열을 올리며 허세나 부리려 했다면, '어떤 영향력 있는 사람과 관계를 맺어야 날 이끌어줄 수 있나?' 하는 얄팍한 잔머리나 굴렸다면 지금쯤 다시 취미로나 사진을 하고 있을 것 같다.

나를 성장시켜 자리를 만드는 것은 열등감도, 허세도, 타인에 의존하는 것도 아닌, 스스로의 고민과 노력이라고 확신한다.

사진작가의 길에 들어서면서 작업에 대한 고민과
작업과정을 공유한 저서들

my story

나에 대해 자랑하고 싶은 것은?

남들에게 드러내고 싶지 않은 부끄러워하는 점은?

그 자랑거리와 부끄러움의 각 유통기한은 언제까지일까?

관계를 끝낸 건 나였나,
그였나?

더 이상 설레지 않아서 새로운 관계를 찾아 떠나갔던가? 자꾸 싸우게 되고 상대를 원망하게 되는 상황이 지긋지긋해져서 이별을 결심했던가? 그(그녀)가 내가 원하는 사람이 아니었다는 깨달음(?)을 얻게 되어 헤어지자 했던 것인가?

연인들의 많은 결별 이유들은 다양해 보이지만 상대방의 데이트 폭력 같은 명백한 범죄가 아니라면, 그 원인이 나의 내면으로부터 시작되었을 수 있다고 심리상담가들은 입을 모은다. 나도 모르는 사이 내 안에 들어있는 불안감, 타인에 대한 의존성, 감정적으로 상대를 조종하고 싶은 욕망 같은 것들이 불씨가 되어······.

"오빠(넌), 왜 내가 싫다고 여러 번 말했는데도 또 그러는데?"

"어떻게 나한테 이럴 수 있어?"

"사과했는데 여태 삐친 거야?"

"넌 늘 그랬지."

문제의 원인이 내가 아니고 상대방이라고 항변하는 말들을 자주 하게 된다면 상황이 나아지기보다 이별의 시기가 앞당겨질 수 있다.

연인에 대한 불만의 원인이 메뉴나 음식점 선택, 옷 스타일, 일상적 습관, 말투 같은 위협적이지 않은 것인데도 '나는 왜 그런 그(그녀)를 용납할 수 없게 되었는지, 상대의 행동들에 왜 관여하고 제지하려 하고 감정적으로 반응하게 되는지'를 생각해볼 필요가 있다.

살아오면서 좋아하고 싫어하는 것들이 생기고 그것이 고착화되는 것은 나에게든 상대에게든 누구에게나 일어난다. 상대는 대체로 '널 무시하겠어.' 하는 마음이 아니라 자신의 습관과 기호에 따라 행동한 것뿐이다. 내가 그런 것처럼……. 지금 내가 화가 나는 본질적인 이유가 상대 때문이 아니라 사실은 '내가 의존하고 있는 그가 나를 받아주지 않아서'라고 느끼기 때문일 수 있다.

심리분석 전문가들에 따르면 유년기에 부모와의 애착이

형성되었다가 성장하면서 애착 대상으로부터 심리적으로 독립되지 못했거나 결핍된 경우 성인이 되어서도 연인, 부부, 절친 등에게 의존적이 되고 심리적 결핍감을 그들에게서 충족하려 하게 된다. 그만큼 상대를 감정적으로 대하고 조정하려 한다.

나는 기꺼이 그의 아이처럼 말하고 표정 지으면서 심리적 지지를 얻고 싶어 하지 않았던가. 화를 내거나 울거나 하는 감정적 행동으로 그가 내가 원하는 것을 들어주길 바라지 않았던가. 생각해보면 "사랑하니까"라는 이유로 너무나 쉽게 내 욕망을 강요하고 그를 조종하는 일들을 해온 것은 아닐까? 그 역시 나와 같은 사람일 텐데…….

서로 솔직하게 말하고 이해해주고 타협을 구하는 관계가 아닌, 주로 한쪽이 요구를 관철하려 애를 쓰고 그에 대해 상대가 적응하는 식의 관계라면 결국 서로를 비난하게 되고 너는(또는 나는) 변했다고 이별을 고하는 방향으로 결론이 나기 쉽다.

성숙한 사랑이 아닌, 의존과 불안, 욕망과 조종으로 얼룩진 이 관계를 끝내고 언젠가 새로운 사랑이 찾아왔을 때도 내 안의 아이가 여전히 그대로라면 이별은 반복될 수 있을 것이다.

"가는 사람 잡지 않고 오는 사람 막지 않는다."고 호언하는 것보다 진정 멋진 사랑을 하는 방법은 상대에 대한 나의 마음을 보려 노력하는 것이다. 내가 자존감을 회복하고 심리적인 독립성을 추구할 때 상대에 대한 집착과 의존성이 약해지고 이해심은 커지게 된다. 상대에게 사랑을 강요하지 않게 되고 서로를 편안하고 소중하게 느끼게 된다. 사랑이 비로소 내 진정한 행복이 된다.

작품 김동우 사진가의 '멕시코 살리나 크루즈(Salina Cruz) 해변'
작품 크기 77×100cm 2018년 작
사진가와 작품 정보 : 포토마(www.fotoma.co.kr)

멕시코 이민 브로커 마이어스가
일본제국주의 이민회사인 대륙식민회사와
결탁해 황성신문에 낸 애니깽(용설란) 농장
노동자 모집광고에 속아 조선인 1,033명이
1905년 4월 4일 제물포에서 멕시코로 향하는
배에 올랐다.
험난하고 열악한 배 안에서의 생활을
가까스로 견디고 도착한 현지 농장에서
노예와 같은 비참한 생활을 해야 했다.
그 와중에도 선조들은 멕시코에 군사학교를
세우고 독립자금을 모으는 등 독립운동을 했다.
조국을 떠났으나 사랑은 그렇게 굳건히
이어져 있었다.
당시 선조들이 멕시코에 첫발을 내딛었던
살리나 크루즈 해변가를 사진으로 기록했다.

사진가 김동우

조국을 떠났으나 사랑은
끝내지 않았다.

돈을 벌어 잘 먹고 살 수 있다는 말을 믿고 조선인 1,033명이 1905년 4월 4일 제물포에서 멕시코로 향하는 배(영국 '샌 일포드' 호)에 올랐다. 이민 브로커 마이어스가 일본제국주의 이민회사인 대륙식민회사와 결탁해 멕시코 애니깽(용설란) 농장 노동자를 모집한다는 광고를 황성신문에 냈기 때문이다.

당시 파라다이스처럼 묘사된 멕시코는 헐벗은 조국을 떠나 먹고 살 희망으로 여겨졌으나 실상은 정반대였다. 멀고 험난한 뱃길, 사망자가 나올 정도로 열악한 배 안에서의 생활을 가까스로 견디고 멕시코 서부 해안 살리나 크루즈 해변에 도착해서도 하선이 바로 허락되지 않아 4일이나 배 안에 갇혀 있었다.

하선 후 기차와 배를 타고 유카탄 지역 메리다로 이동해 20여 애니깽농장으로 분산 배치되었다. 애니깽은 높이 1~2m의 선인장과 식물로 잎에 독소와 날카로운 가시들이 박혀 있다. 당시 선박 밧줄의 재료였다. 농장에서의 일은 위험하고 고된 노동이었지만 4년 단기계약조건이었다.

그러나 노예와 같은 비참한 생활이었다. 당시 조선인 노동자는 돼지 한 마리 몸값보다도 쌌고 마야인 노예등급인 5~6등급보다 낮은 7등급이었다. 감옥 같은 농장생활을 견디다 못해 탈출을 시도하는 이들이 있을 정도였다. 잡히면 가시 돋힌 애니깽에 눕혀져 물에 젖은 채찍을 맞았다. 생활을 견디지 못하고 스스로 목숨을 끊는 이들도 있었다.

계약노동이 끝나도 1910년 경술국치로 돌아갈 나라마저 없어졌다. 배고픈 조국을 떠나왔으나 더 비참한 타국생활에서 목숨만이라도 부지해 돌아가려던 선조들에게 얼마나 절망적인 일이었을까.

그러나 그 비참한 삶과 험난한 생활 속에서 선조들이 한 일은 떠나온 조국에 대한 원망이 아니었다. 멕시코에 군사학교를 세우고 독립자금을 모으고 이민 2세들에게 모국어와 민족의식을 가르치고자 한글학교를 세웠다.

멕시코에서 가장 빨리 성공한 한인으로 알려진 김익주 선생은 온갖 고생 끝에 탐피코에 한국식 정자모양의 2층 식당을 열어 재산을 모았다. 그 재산을 모두 독립운동자금으로 썼다. 대한인국민회 탐피코 지방회 결성에 앞장섰고 1922년 탐피코 지방회 회장을 역임하면서 3·1운동 기념행사 등을 주도하고 이후로도 독립자금 모금운동을 해왔다.

멕시코로 이주해온 조선인 1,033명 중 200여 명은 대한제국 광무군 출신으로, 계약노동이 끝나자 이근영 선생 등이 주축이 되어 독립군 훈련을 위한 숭무학교를 세웠다. 김기창, 이종오 선생은 멕시코 한인사회 지도자로 활동했다. 이들은 고국에 돌아오지 못하고 현지 묘지에 안장됐다.

험난한 삶이 펼쳐지던 머나먼 멕시코에서 힘을 모은 독립운동가의 후손들을 수소문해 만나 진실을 확인했다. 애국지사들의 묘와 당시 숭무학교 터를 비롯한 독립운동의 현장, 애니깽 농장 터에 서보았다. 먹고 살기위해 떠났던 조국이었으나 그 조국이 무너지자 혹독한 타국살이에서도 열정적으로 독립운동을 했던 분들의 모습을 떠올려보았다.

가슴이 먹먹한 가운데 한 가지 사실을 깨닫는다. 조국에 대한 주체적인 사랑, 의존적이지 않았기에 원망하지 않았고, 순수하게 그리고 간절히 사랑했기에 그처럼 열정적으로 헌신할 수 있었다는 것. 한편으로는 지금의 우리 모습을 자각하게 한다. 힘들다고 쉽게 떠나가고 상대나 환경 탓만 하고 있는 것은 아닌지……. 해외 독립운동 역사는 그렇게 현재로 이어지고 있었다.

작품 김동우 사진가의 '멕시코 메리다 애니깽 농장'
멕시코로 이주한 조선인들이 고된 노역을 했던 애니깽 농장 중 한 곳.
당시 노동이 시작되던 새벽 5시에 촬영.
작품 크기 77×100cm 2018년 작
사진가와 작품 정보 : 포토마(www.fotoma.co.kr)

my story

그(그녀)와의 갈등이 나의 어떤 말이나
행동 때문이었던 적이 있었나?
나는 왜 그런 말이나 행동을 했던 걸까?
그때로 돌아갈 수 있다면 어떻게 바꾸어 표현할까?

왜 사람 사귀는 것이
어려울까?

　학교나 학원, 직장이나 동호회에 들어가서 새로운 사람들을 대하는 것이 어색한가? 나와 마음에 맞는 사람을 찾을 때까지 한쪽 구석에 조용히 있는 편인가? 사람들 하나하나 신경 쓰는 타입인가? 아니면, 만난 지 얼마 안 된 사람에게 나에 대한 이야기를 늘어놓는 편인가?

　접근을 망설이게 되거나 오히려 지나치게 호의적이 되거나, 스스로 왕따를 택하거나 만인의 사랑을 받기 위해 애쓰거나 하는, 상반되어 보이는 경우들 모두 타인과의 관계 형성이 불안정한 모습이라고 한다.

　유아기에 부모와의 애착관계가 충분히 형성되지 못하고 그 상실이나 결핍에 의해 나도 모르게 내면에 타인에 대한 긴장감, 불안감, 깊은 외로움, 분노 등이 자리하게 되었다면 타인과의 관계 형성에서도 이런 무의식이 투영된다고 심리학자들은 말한다.

타인에게 쉽게 말을 걸기 어렵고 가까이 가기가 망설여지거나, 심지어 '난 혼자가 편해.' 하며 자발적 왕따를 선택하는 모습은 이처럼 내 마음 밑바닥에 도사리고 있는 무의식에 그 원인이 있다. 기억도 안 나는 어린아이 때 엄마와의 애착이 결핍되어 형성된 불안감에 지금의 내가 조종당하고 있다는 사실을 의식하면 사람들을 대할 때 치솟는 긴장감이 다소 누그러질 수 있을 것이다.

지나치게 수다스럽게 되고 호의적으로 행동하려 애쓰는 것, 잘 모르는 사람에게 자신의 많은 것을 내보이려 하거나 타인의 평가에 지나치게 신경 쓰는 것 역시 관계에 대한 원초적 불안감으로부터 나온 것이란 점을 의식할 필요가 있다. 자신의 그런 마음을 자각하게 되면 타인에 대한 경계와 호의(好意) 사이에 적절한 균형감을 찾을 수 있을 것이다.

사람은 누구나 타인과 관계를 맺고 인정과 지지, 사랑을 받길 원한다. 그런데 타인과 관계를 맺고자 할 때, 사랑을 하려 할 때 그 욕망뿐 아니라 사랑 결핍에 의한 불안, 분노 등 나의 무의식적 감정까지 함께 상대를 향하게 된다. '시작된 관계'가 여기에 영향을 받아 변화해간다.

　관계 자체를 내 생각대로 끌고 가려는 경향이 있지는 않은가? 관계 형성과 감정의 교류가 서툰 내가 남자로서, 여자로서, 연인으로서, 스스로 정해놓은 이상적인 모습이나 역할로 행동하기를 상대에게 기대하고 간접적으로라도 강요하지 않았나? 그러다 실망하고 갈등이 생긴 경험들이 있지 않은가?

© 일러스트 Keun

　때로는 상대가 특별히 잘못한 것이 아닌데 호감이나 애정이 식어 내 쪽에서 관계를 정리하는 경우도 있다. 그것은 그(그녀)에 대해 내가 만든 이상적 이미지가 그와의 관계 속에서 사라지고 실망하게 되었기 때문일 수 있다. 지적인 이미지, 명랑하고 씩씩한 이미지로 보였던 그(그녀)가 겪어보니 허풍이 심하거나 사소한 것에 토라지는 쪼잘한 인물로 느껴지는 것처럼 나 혼자 상대에 대해 이미지를 만들었다가 실망하게 되는 것이다.

상대방도 나처럼 완벽하지 않다. 상대방도 나처럼 장점과 단점으로 보이는 다양한 개성들을 가지고 있을 뿐이다. 우리는 서로를 알아가면서 이해하고 공감해가는 과정을 거쳐 서로를 위하는 사이가 될 수 있다. 어느 한쪽의 요구에 따라야 하고 일방적으로 맞추어야 하는 사람은 없다!

내가 관계를 단절하거나 전 같지 않게 거리를 두고 입을 닫게 되는 이유가 이처럼 상대가 아닌 나에게 있을 수 있다. 나 스스로도 잘 몰랐던 오래된 애정결핍의 파생된 감정들에서 비롯된 것일 수 있다. 상대에게 서운한 마음을 말하지 못하고 침묵해버리거나 거리를 두게 되는 태도도 관계의 실패를 두려워하거나 그로 인한 분노의 표출이라고 한다.

호감이나 사랑을 표현하는 것 역시 어려운가? 상대가 좋아한다고 해도 의심을 하게 되는가? 불신을 경험하지 않았는데도 그런 마음이 애초부터 든다면 부모로부터 사랑을 느끼지 못한 유년기 경험 때문일 수 있다. "내가 못나서"가 아니다!

그래, 나는 관계 맺는 것을 어려워하고 사랑에 서툴다. 나만 그런 것이 아니다. 충분히 사랑받지 못하고 살아온 사람들이 그렇지 않은 사람보다 훨씬 더 많은 세상에서 나역시 살아가고 있다. 하루아침에 달라질 수 있는 것도 아니다.

이제부터 타인 앞에서 순간순간 내 마음으로부터 올라오는 불안, 긴장감, 화, 의심 등을 의식해보자. 이 기분과 감정의 원인이 진정 상대 때문인지 그 핑계를 대고 있는 나의 원초적 마음 때문인지 생각해보자. 누가 봐도 상대가 확실히 잘못한 게 아니라면 대체로 내 마음 문제다. 나도 모르게 형성되어온 오래된 감정들이 나를 순간순간 삼키고 있다.

© 일러스트 Keun

관계의 단절이나 부자연스러움을 만들게 되는 내면의 감정을 의식하면 할수록 타인을 보다 담백하게 바라볼 수 있게 된다. 그와의 관계 형성이 보다 편안해질 수 있다. 상대에게 지나치게 의존적이 되거나 갑작스럽게 실망하게 되거나 관계를 말없이 단절하게 되는 일이 줄어들 것이다. 점차 내 의지에 의해 다가가고 자연스럽게 표현할 수 있는 내가 될 것이다.

작품 남준 사진가의 '칼라차크라(티베트 랑무스 곰파 샌드 만다라)'
Transcend time and space 작품 크기 76.2×114.3cm 2010년 작
사진가와 작품 정보 : 포토마(www.fotoma.co.kr)

티베트의 간쑤(Gansu) 랑무스 곰파(Langmusi gompa)
사원에서 승려들이 색모래로 우주의 본질(만다라)을
표현하는 '샌드 만다라(Sand Mandala)' 작업을 함께
수행하고 있다.
티베트와 북인도 라마불교지역의 사원들에서,
오랜 시간 외부인 출입을 금하고 엄숙히 행해지는
불교의식이다.
이방인이지만 티베트와 북인도를 수년 동안 오가며
'신뢰할 만한 사람'이 되었기에 승려들의 허락을 얻어
그 작업과정을 촬영할 수 있었다.

사진가 남준

낯선 티베트 수행자들과 보낸 시간

티베트와 북인도 라마불교권 지역의 사원들에서 행해지는 불교의식 중 예술행위처럼 보이는 것이 있다. 모래에 갖가지 색을 입혀 이를 재료로 그림을 그리듯 우주의 본질을 표현하는 '샌드 만다라(Sand Mandala)' 가 그것이다.

티베트 불교의 지도자 달라이 라마는 세계 평화와 인류의 행복을 기원 하기 위해 해마다 세계 주요 도시에서 칼라차크라(kalachakra) 관정 법회를 열고 있다. 이 법회 의식에 등장하는 것이 샌드 만다라인데 티 베트와 북인도 등 라마불교권 사원들에서도 매년 비슷한 의식이 치러 지고 있다.

칼라차크라는 산스크리트어로 시간을 뜻하는 칼라(kala)와 주기를 뜻하 는 차크라(chakra)의 합성어이며 '시간의 순환'을 뜻한다. 끝없는 생사 윤

회의 고통 속에 있는 중생들에게 삶의 목적을 인식하게 하여 착한 마음과 성스러운 마음이 일어나게 하는 티베트 불교의 교리를 담고 있다.

그 불교수행 중 하나가 샌드 만다라를 만드는 일이다. 수개월간 승려들이 모여 모래에 다양한 색을 입히고 이 고운 색모래들을 이용해 세밀하게 그림을 그리듯 만다라를 만든다. 만다라는 외적으로는 우주 삼라만상을, 내적으로는 마음속 의식의 흐름을 상징하며, 이는 곧 우주의 본질을 표현한 것이다. 그 안에 그려지는 모든 선, 6겹의 원, 탑 모양의 궁전, 부처들은 각각 우주의 질서대로 배치되며 인간과 우주를 구성하는 여섯 가지 원소(흙, 물, 바람, 불, 허공, 의식)들을 나타낸다.

만다라는 성역의 공간으로 신성한 것이다. 이 샌드 만다라 작업 기간에 외부인은 출입할 수 없다. 그러나 사진가로서 너무나 궁금하고 꼭 촬영해보고 싶었다. 그렇다고 무조건 요구할 수는 없는 일이었다.

샌드 만다라 수행을 한다는 지역에 오래 머물며 수차례 사원을 방문해 사진으로 다양한 기록을 하면서 때를 기다렸다. 시간이 어느정도 지나한 승려에게 정중하게 부탁을 해보았다. 다행히 사원 측의 승락을 얻어

작업과정을 촬영할 수 있었다.

기록하고자 하는 간절함과 진정성이 전해졌는지, 티베트 승려들과 이웃이 되어 그들의 중요한 삶의 한자락에 들어가게 된 것이다. 말이 통하지 않아도 마음이 통할 수 있고 내 마음을 알아달라고 애쓰지 않아도 전해질 수 있다는 것을 새삼 깨닫게 된 순간이기도 했다.

그들은 종교의식답게 몇날며칠을 늦은 밤까지 조용히 샌드 만다라 수행에 집중했다. 한순간의 입김으로도 시간의 겹이 흩어질 수 있는 너무나 정교하고 조심스러운 작업을 내내 지켜보게 되니 나 자신도 수행을 하는 느낌이었다. 함께 있으나 혼자 내적으로 집중하는 순간을 경험하는 것은 소음 가득한 도시생활에서 외부에 민감해지기만 하던 내게 매우 중요한 깨달음을 주었다.

샌드 만다라가 완성되자 한 편의 장엄한 예술작품을 보는 듯 감동스러웠다. 그러나 오랜 시간 공을 들인 이 작품은 볍회 의식을 통해 한순간에 사라졌다. 가차 없이 모래를 쓸어 강물에 흘려버리는 것으로 의식은 마무리되었다. 다음 해에 또다시 공을 들이는 이 예술적 수행이 시작될 것이다. 시간의 순회에 대한 믿음 위에 집착도 없고 감정의 흔들림도 없는 진정한 수행의 완결이란 생각이 들었다.

샌드 만다라의 제작과 소멸의 수행에서처럼 타인에 대한 집착과 감정의 소모가 없는 상태가 되었을 때 비로소 나는 자유로워지고 타인들과 평화로울 수 있으리.

작품 남준 사진가의 '칼라차크라[인도 라다크 틱쉐(Ladakh Thiksey) 곰파 샌드 만다라]'. 여러 날 공들여 만든 샌드 만다라를 순식간에 흩뜨려 강물에 흘려보낸다.
Transcend time and space 작품 크기 76.2×114.3cm 2010년 작
사진가와 작품 정보 : 포토마(www.fotoma.co.kr)

my story

타인과의 첫 만남에서, 대화를 나누게 되면서,
더 편안한 관계가 되면서 내 모습은
어떻게 변화했는지 떠올려보자.

좋은 사람이 되려
애쓰지 말자

어릴 때부터 좋은 사람과 나쁜 사람이 나뉘어 있다고 배웠다. 어른들이 "그럼 나쁜 사람이야." "아이고 착해라." 하며 내 행동에 대해 구분해 평가해주기도 했다. "쟤는 나쁜 애야. 놀지마." 이런 말로 내 주위 사람들에게 경계심을 심어주기도 했다. 어느새 나도 사람들을 좋은 사람과 나쁜 사람으로 구분하게 되었고 그에 따라 좋고 싫음을 쉽게 느꼈다.

인간의 심리나 뇌를 연구하는 학자들은 그런 구분법이 비과학적이라는 데 의견을 같이 한다. 좋기만 한 사람도 나쁘기만 한 사람도 없다. 한 사람에게 좋은 면과 나쁜 면이 공존하는 것뿐이다. 뇌의 감정을 담당하는 기관이 장애를 입게 되면 그로 인해 나쁜 감정을 느끼고 그렇게 행동할 수도 있는 것이 인간이라고 한다.

'좋다'거나 '나쁘다'는 것의 기준은 무엇인가? 누구에게 좋고 나쁜 것인가? 시대가 변하고 가치관이 달라지면 좋다고 평가된 사람이 후대에 와서는 나쁜 사람이 되기도 하고 과거 나쁘다고 비난받던 사람이 당시 그에 대해 악의적으로 평가한 이유가 밝혀지면서 악인의 이미지를 벗기도 한다.

© 일러스트 Keun

　"좋은 사람" "나쁜 사람"의 구분은 편파적인 기준으로 사람을 차별하고 나와 타인의 행동을 제약하고 조정하는 것이다. 물론 진화론적으로 필연성은 있다. 생존을 위해 나와 내가 속한 종족에게 해가 되는 일을 하면 나쁘다고 비난해서 그 행동을 억제시키고 유익한 행동을 하면 칭찬해서 장려한다.

그것이 오늘날 정치적 모임에서 진영논리로 이어져 오고 내가 속한 학교, 회사, 조직의 질서에 반하는 행동을 하면 비판과 처벌을 받게 되는 식이다. 이 '사람 구분법'은 생활 속에서도 쉽게 접한다.

"세상에는 탕수육에 소스를 부어먹는 사람(부먹파)과 소스를 따로 두고 찍어 먹는 사람(찍먹파)으로 나뉜다."처럼 자신의 관심사를 두고 "편 가르기 농담"을 하는 일상의 문화가 자연스레 스며든다. 그 브랜드를 좋아하는 사람과 그렇지 않은 사람으로 나누는 광고의 화법은 나의 시각을 왜곡시킨다.

편 가르기 문화 속에서 어느새 나는 어느 편엔가 서 있어야 한다. 반대편에 적을 만든다. 내가 속한 편에서 '좋은 사람'이 되고자 애를 쓴다. 회사에, 학교에, 속한 단체에, 부모에게 '좋은 사람'으로, 더 구체적으로는 말을 잘 듣는 착한 사람으로, 쓸모가 있는 사람으로, 순응적인 사람으로 보이기 위해 에너지를 쓴다.

누군가의 '나쁜 사람'이 되면 과민하게 반응하거나 상처 입기도 한다. 내가 그런 평가를 받아야 하는 이유는 타인과 그 조직의 기준일 뿐인데 말이다. 이처럼 이분법적 사고는 나의 생각 폭과 내가 속한 세상을 좁게 만들고 증오와 불안감을 유발하는 씨앗이 되기도 한다.

　나는 좋기만 하거나 나쁘기만 한, 실제로 존재하지 않는 허상이 아니다. 누구를 위해 좋은 사람이 되거나 누구에게 거슬리는 행동을 해서 나쁜 사람이 되는 것도 아니다. 나도 타인도 각자 '자신에게' 좋은 일을 하려 하고 때로는 나쁜 일도 하게 되고 반성하고 개선해 나가려 노력하는 보편적인 사람일 뿐이다.

　조직이 공정하게 처리하지 못하는 일에 문제 제기를 하면 나는 그곳에서 화합하지 못하는 '나쁜 사람'이지만 나 스스로는 부조리에 눈감지 않고 용기를 내어 많은 이들에게 이로

© 일러스트 Keun

움을 준 '좋은 사람'이다.

부모가 원하는 학교와 진로대로 따르면 '착한 자식'이 되지만 결국 적응하지 못하고 방황하거나 다시 인생을 돌아보고 다른 선택을 고민하게 된다면 그 당시 착한 자식의 모습은 내게 실제로 의미가 없었다.

내가 좋은 사람과 나쁜 사람의 구분 기준에 매여 있다면 나 역시 타인을 그런 기준으로 섣불리 판단하고 가까이 하거나 금세 회피하려 하게 된다. 그로 인해 그의 더 좋은 모습, 함께 해서 내게 유익하고 즐거울 수 있는 기회를 사전에 차단해버리게 된다.

그 기준에 매임으로써 내 자유, 잠재능력, 행복의 요소들이 크게 줄어들 것이다. '좋은 사람'이 되기 위해 지나치게 신경쓰고 자신을 억누르려 하게 된다. 또 누군가의 비난에 속수무책으로 상처만 받게 된다. 의기소침해지고 인정을 받지 못해 살맛이 나지 않을 수도 있다.

지금 누군가에게 좋은 면, 얼마 뒤 또 다른 누군가에게는 좋지 않은 면을 가질 수 있는 사람이 나이고 가족이고 동료이고 친구이고 연인이다. 그런 면들을 이해하고 서로 조율하면서 포용해나가는 일이 나의 성장이다.

좋은 사람, 나쁜 사람, 이편인 사람, 저편인 사람의 허상에 스스로를 가두지 말자! 사람을 쉽게 구분하는 것은 어릴 때도 함부로 주입해서는 안되는 일이다. 그렇게 행동하게 된 상황을 이해하고 나와 타인을 포용하는 것이 성숙한 사람으로서 행복하게 살기 위해 매우매우 중요하다!

작품 정혜원 사진가의 '마다가스카르 바오밥나무'
Madagascar baobab tree 작품 크기 90×60cm 2015년 작
사진가와 작품 정보 : 포토마(www.fotoma.co.kr)

2015년 처음 방문한 아프리카 동쪽
마다가스카르 섬의 모론다바 주 바오밥나무 군락지.
생각보다 장대한 나무의 모습에 한동안 말을 잊었다.
어릴 때 [어린왕자]에 나온 바오밥나무를
보고싶은 소원을 중년에 이룬 것이다.
그 책에서 바오밥나무는 어린왕자의 별을 헤치는
나쁜 식물로 묘사되어 있지만 내 앞의 나무는 먼길을 지나
비로소 만난 소중한 인연일 뿐이었다. 충분히 알아가기에는
부족한 시간 속에서 바오밥나무에게 "꼭 다시 오겠다"고 약속했다.
그 다음해에 우린 다시 만났다.

사진가 정혜원

동화 속의 바오밥나무처럼
편견에 가두지 않길

생택쥐페리의 [어린왕자]에 바오밥나무가 나온다. 그 나무는 어린왕자
가 사는 B612 별에서는 골칫덩어리 나무다. "무서운 씨앗들"이 바오밥
나무로 자라면 그 뿌리가 별에 구멍을 내고 그 나무들이 많아지면 별이
산산조각 나기 때문에 그렇게 자라기 전에 없애야 한다고 한다.

[어린왕자]에서 바오밥나무와 대비되는 좋은 식물은 "무나 장미"이다.
그런데 어린 싹은 어떤 것이 바오밥나무인지, 장미인지 구분이 잘 안되
기에 "규칙적으로 신경을 써서 장미와 구별할 수 있게 되는 즉시 그 바
오밥나무를 뽑아 버려야" 한다고 어린왕자는 강조한다.

어린이들에게도 이를 각인시켜 바오밥나무를 조심하도록 그림을 그려
보라고 어린 왕자가 책의 화자인 '나'에게 권한다. 책에서 어린왕자
가 사는 별을 포함한 모든 별들에는 좋은 풀들과 나쁜 풀들이 있다고

도 했다.

[어린왕자]를 읽었던 꼬맹이 시절에는 '바오밥나무가 얼마나 크고 힘이 세길래?' 하는 호기심에 그저 그 나무를 보고싶기만 했다. 어른이 되어서도 버킷리스트에 넣을 만큼 바오밥나무는 오랫동안 내 마음에 존재했다.

2015년 10월 처음 아프리카 동쪽의 마다가스카르 섬에 갈 기회가 생겼다. 바오밥나무를 볼 수 있다는 생각에 가슴이 두근거렸다. 그러나 나무를 만나러 마다가스카르로 가는 여정은 결코 편하지만은 않았다. 여행 초반부터 컨디션 관리에 신경을 바짝 써야 했다.

마다가스카르 섬에 도착한 후 며칠이 지나 드디어 바오밥나무 군락지인 모론다바 주에서 나무를 올려다보게 되었다. 상상 이상의 장대한 위용에 말문이 막혔다. 인간세상을 초월한 존재들을 영접하는 순간이었다. 너무 감동한 나머지 눈물도 흘렸다. 세상에 이럴 수가……

바오밥나무가 [어린왕자]에서 별을 파괴할 수 있는 무서운 나무로 나

올 만큼 커다란 존재인 것은 확실했지만 좋거나 나쁘다는 평가, 선악의 기준을 들이댈 존재는 물론 아니었다. 인간만이 할 수 있는 편파적 판단의 희생물인 셈……

돌이켜보면 무서운 말이다. [어린왕자]에 나온 것처럼 어느 한쪽의 관점에서 나쁜 존재로 낙인 찍는 것, 그에 대해 사람들에게 각인시키고 소멸시켜야 한다는 주장들……. 선입견과 불합리한 평가로 특정 존재를 재단하고 그에 대해 퍼뜨리는 태도야말로 참으로 어이없고 무서운 것이다.

바오밥나무에게 약속했다. '너를 알아가기에는 너무 부족한 시간이야. 곧 다시 올 게.' 그 다음해와 또 그 이듬해 다시 마다가스카르 섬에 가서 바오밥나무를 만났다. 만남은 늘 감동으로 벅차올랐다. 앞으로도 바오밥나무와의 만남은 계속될 것이다.

작품 정혜원 사진가의 '마다가스카르 모론다바 바다 풍경'.
거대한 바다를 흘러가는 돛단배 같은 내 삶에서 불어오는 인생의 풍랑만
바라보기도 만만치 않은데 타인의 시선에 휘둘릴 필요가 있을까?
IM_2552 작품 크기 50×60cm 2017년 작
사진가와 작품 정보 : 포토마(www.fotoma.co.kr)

my story

나는 누구에게 좋은 사람이고,
누구에게는 나쁜 사람이라고 생각하는가?
그 이유는 무엇인가?

PART 3 │ 나의 · 일상 ·

*

어렵고 두려운 관계를 지속해나가야 한다면
그 일에 맞서지 말고 파도를 타듯 이용하는
지혜를 모아보자. 내게 함부로 말하는 '그 인간'을
그렇게밖에 할 수 없는 불쌍한 사람으로 여겨주자.
내 잘못이 아니고 그가 못나게 자란 것이다.
당장 맞서거나 알려줘봤자 그는 저항과 분노를 더
키울 것이다. 그런 생각이 들면 같이 화내며 상황을
악화시키는 일이나 무조건 삭이며 내 안에 화를
키우는 일은 줄어들 것이다.

돌파해야 하는 어려움,
피해야 하는 어려움

　나를 포함해 사람은 본래 방어적이다. 나를 보호하기 위해 본능적으로 행동한다. 그런 내 앞에 실패 위험이 커 보이거나 어렵게 느껴지는 문제가 생겼다면 피하는 게 상책일까, 두려움을 무릅쓰고 도전하는 게 내게 더 좋은 일일까?

　만약 내가 '하면 안될 게 뻔해서, 지금껏 되는 일이 없어서, 난 약해서, 돈이 없어서, 명문대학을 나오지 않아서' 등등의 이유로 시도하지 않겠다고 결심했다면 그 문제보다 내가 갖고 있는 콤플렉스를 생각해봐야 할 것이다.

　내가 콤플렉스로 인지하고 있는 것들 대부분은 유년기부터 타인에 의해 스며들어온 것이거나 사회적 편견에 의해 형성된 것이다. 가령, 외모 콤플렉스 때문에 원하는 직장이나 연애상대를 발견해도 쉽게 도전하지 못한다면 합당한 이유가 아닌, 내게 심어진 콤플렉스에 내가 지배당하고 있기 때문이다.

내가 그 콤플렉스로 시도하지 않던 일을 다른 누군가는 나보다 잘난 것이 없는 것 같은데 한다. 실패한다 해도 또 시도하거나 다른 방법을 찾아 해결하려 한다. 가령, 외모 콤플렉스를 극복할 수 있는 능력을 키우는 일에 정진하고 성과를 내면서 자신감을 회복하고 그 기반에서 다시 유사한 시도를 하거나 선택을 변경해 더 행복해지기도 한다. 특정 분야 운동선수의 평균 신체조건에 미치지 못한 콤플렉스를 극복하고 인정받는 운동선수가 된 이들, 예쁘지 않은 외모가 개성으로 사랑받도록 자신을 가꾸어온 방송인들 이야기처럼 주위에서 들을 수 있는 콤플렉스 극복 스토리들은 많다. 내가 그런 사람이 될 수 없다고?

몇 번의 실패와 그로 인한 주위 시선으로 위축되었다면 새로운 도전이 있을 때마다 이런저런 이유를 대며 피하고 싶어질 것이다. 만약 콤플렉스나 열등감으로 나를 과소평가하거나 믿지 못하면 난 내게 과소평가된 채 살게 된다. 도전을 피하면 내가 꿈을 이룰 기회를 갖지 못하게 되고 중도포기 하면 더 강한 콤플렉스와 두려움을 갖게 될 수 있다.

두렵지만 하고 싶은 도전이라면 시도하고 버티고 스스로 다독이며 완주해야 한다. 처음이라 어렵고 어색한 것은 당연하다. 눈앞의 산을 넘어가야 한다면 높은 봉우리부터 볼 것이 아니라 지금 내딛는 내 발부터 보자. 한걸음 한걸음 옮기는 내게 집중하면 '실패하면 어쩌지?' 같은, 오지 않은 미래에 대한 걱정에 빠지지 않게 된다. 시작한 직후부터는 과정만 집중해보자. 그렇게 한발 한발 내딛으면 결국 정상이다!

물론 꽃길을 걷는 것이 아니다. 걷다가 삐끗할 수도 있다. 생각보다 험해 속도가 느려질 수도 있다. '이 길이 아니었군.' 하며 다시 방향을 찾아야 하는 최악의 순간을 맞을 수도 있다. 이런 경험들은 나만 하는 것이 아니다. 이런 실패와 혼란의 경험이 없다면 어떻게 해야 성공할 수 있는지 알기 어렵다.

성공한 유명인들이 반드시 이야기하는, 성공으로 오기까지 겪어온 크고 작은 실패들이 이를 입증한다. 실패에서 배워야 더 좋은 결과를 찾아갈 수 있는데 지금 난 바로 그 기회를 맞게 된 것이다.

그러나 '무조건 All in!'일 수는 없다. 나를 위한 안전망도

확보해야 한다. 도전이 만약 실패로 돌아간다면 그것 역시
내게 큰 가르침이 되겠지만 큰 부담을 안게 될 수도 있다. 애
초에 그에 대한 방안까지 생각해야 실현 가능성 높은 도전이
된다. 용기있는 실천은 현명한 판단 뒤에 하면 된다.

가령, 새로운 직장이나 조직으로 이동하고 싶다면, 다른
업종의 전환을 꿈꾼다면 지금의 직장이나 단체를 빨리 때려
치우고 구직하는 게 나에게 나은 일일까? 장담할 수 없는 미
래를 준비하는데 현실을 담보로 할 만큼 여유가 없다면 어
찌해야 할까? 순수하게 이직을 결심한 이유가 그 도전이 그
만큼 절박하기 때문인가, 지금의 고단함을 피하고 싶기 때
문인가?

도전에 필요한 자금이나 생활조건을 확보하지 않고 얼마
버티기 어렵다면 도전은 실패로 끝나기 쉽다. 그렇게 되지
않도록 어떻게 세부계획을 세울 것인가? 난 현명한 판단을
위해 많은 질문을 내게 던져야 한다. 최종적으로 꼭 지금 도
전해야 한다고 생각이 들지 않으면 필요한 것들을 준비하면
서 '때를 기다려야 한다.'

지금의 고단한 현실을 버티면서 미래를 준비할 계획을 세
부적으로 세우는 게 필요할 수 있다. 실패에 의한 파장이 심

각할 것이라고 판단되면 무모한 도전이 아닌 신중한 단계별 계획이 필요할 것이다. 난 너무 소중하니까! 나를 지키고 이끌어주는 사람은 오직 나니까!

© 일러스트 Keun

with the art

작품 하춘근 사진작가의 '역사의 그림자_제주 4·3'
soh_Jeju0403#4 작품 크기 100×100cm 2018년 작
사진가와 작품 정보 : 포토마(www.fotoma.co.kr)

제주 4 · 3사건의 주요배경인 중산간 지역을 기록한
도큐이미지들을 응축해 현재로 이어지고 있는
역사의 그림자를 표현했다.
당시에는 반공이데올로기에 의해 왜곡되어 있다가
후대에 와서 슬픈 역사로 기억되고 있는 제주 4 · 3 사건처럼
역사적 사실 그 이면에 잘 드러나지 않는 역사적 그림자를
관련 도큐 사진들을 응축해 표현하는 작업을 하고 있다.
사유를 이미지화 하는 '도전'을 했던 작품 중 하나다.
2020대구사진비엔날레 특별전에 초대되었다.

사진작가 하춘근

"그런 사진은 작품이 될 수 없다"는
편견에 도전하기

40대에 대학 사진아카데미에서 사진을 배운 이른바 비주류 사진인이었다. 그래도 취미 정도로 끝내고 싶지 않았다. 사진작가로서 활동하려면 작업을 열심히 해야 할 뿐 아니라 국내외 사진평론가나 전시기획자들에게 작품에 대한 리뷰도 받아야 하고 전시도 꾸준히 해야 한다.

많은 사진작품들 속에서 작품만 보아도 그 사진작가가 떠올라질 수 있을 만큼 작가로서의 정체성, 작품의 콘셉트, 예술적 개성이 뚜렷해야 한다고 생각한다.

사진아카데미에서 사진을 배울 때부터 그런 고민을 했다. 나만의 작업 세계를 어떤 아이덴티티와 콘셉트로 구축할까 하는……. 사진 이미지 속에 세상과 삶에 대한 사유를 담아보자는 작업의 큰 원칙도 세웠다. '우리가 바라보는 현실을 재현(再現)한 사진이미지는 진실인가, 우리가 알고 있는 역사적 사실은 진실인가, 우리는 어떻게 세상을 이해해야 할까, 확고해 보이는 사실과 그 재현적 이미지를 의심할 필요가 있지 않은가' 등등 사진작가로서의 사유를 작품 주제들로 정리해나갔다.

그런 담론적 주제를 하나의 사실적 이미지로 표현하기가 부적합하다는 생각에 새로운 작업방식을 정립하게 되었다. 작품의 주제 별로 현장에서 촬영한 도큐 이미지들을 응축해 기존 사진의 물성과 다른 모호한 이미지로 주제를 표현하는 작업들을 시도했다. 역사적 사실에 숨어있는 진실의 그림자에 대한 사유적 표현에 적합하다고 생각했다.

2015년부터 개인전, 그룹전을 비롯해 몇번의 전시를 했고 전세계 사진가들과 관계자들이 모이는 미국 휴스턴의 포토페스트(Foto Fest) 리뷰에 참가해 해외 사진전문가들에게 전시 제의도 받았다. 프랑스, 미국, 중국 등 해외 전시에 참가하기도 했고 작품이 판매되기도 했다. 프랑스 예술평론가로부터 작품들에 대한 의미있는 평론을 받기도 했다.

그간의 일들을 축약해보면 짧은 기간에 나름 사진작가로 자리매김한 것처럼 보이지만 역시 드러나지 않은 어려움들이 있었다. 영어도 제대로 못하는 내가 해외 리뷰어들에게 작품을 선보이는 일은 결코 쉽지 않았다. 시차 적응도 어려운 외국에서 버티며 도전한 결과들이었다.

사진계 선배들 중에도 '사진을 왜곡해서는 안된다.'는 이야기를 하기도 하고 '당신은 왜 사진가가 아니고 사진작가냐?'라는 말로 불편한 심기를 드러내는 이들도 있었다. 전통적인 사진의 개념을 신봉하는 다수 속에 비주류 사진인이 '엉뚱한 시도'로 보이는 예술적 도전을 해오는 과정에서 있을 수 있는 일들이었다. 다만 나의 도전은 스스로에게 명확한 의의가 있었기에 남들의 편견에 휩쓸리지 않고 부족한 걸음걸음을 내디뎌 온 것뿐이다.

사진작가로 활동해보니 사진예술에 대한 대중적 관심을 더 넓히기 위한 공용의 매체가 필요하다는 생각을 하게 되었고 예술산업으로의 새로운 도전을 추가했다. 2019년 3월 국내외 최초의 사진예술정보 플랫폼인 '포토마(FOTOMA)'를 오픈했다. 국내 사진가들에 대한 정보와 사진예술의 다양한 콘텐츠들을 공유하는 사진예술 포털사이트이다.

주위에서 '좋긴 한데 쉽지 않을 텐데, 감당하겠나?' 하는 회의적인 반응들과 자금난(資金難) 속에서 만들었다. 이제는 전국의 사진작가들과 관계자들에게 꽤 알려져 있고 회원수도 나날이 늘고 있고 많은 사람들의 응원도 받고 있다.

쉬우면 도전일까?! 세상과 나에게 의미있는 일이라면 주위의 편견어린 말들에 흔들리지 말고 해보아야 한다. 그것을 완성하는 것은 성실한 나의 노력이고 실패하더라도 아름다운 도전이 있었던 멋진 인생이다.

국내외 최초 (아직까지) 유일의 사진예술정보 플랫폼 포토마.
포털사이트에서 "포토마" 검색 또는 www.fotoma.co.kr

my story

내가 꼭 해보고 싶은 도전은?

망설이는 이유들은?

실현할 계획을 5단계 이상 세워보자.

구질구질한 일상 즐기기

페이스북이나 인스타그램만 열어도 멋진 곳에서 특별한 음식을 먹으며 행복해 보이는 사람들이 참으로 많다. 핸드폰을 내려놓고 집안을 둘러보니 옷들은 여기저기 널려있고 오래된 식기들이 싱크대에 쌓여있고 냉장고를 열어도 썰렁한 느낌만 준다. 화장실은……. 생각하고 싶지도 않다.

내일은 또 지옥철을 타고 출근전쟁을 치러야 하고 입고 나갈 옷이……. 마땅치 않다. 퇴근하면 별 약속 없으니 편의점에서 할인행사 하는 캔맥주나 사오고 TV 보다 자고……. 그렇게 내 구질구질한 일상이 반복되고 있다. 어쩌다 친구들을 만나고 오는 날도 집에 들어서면 공허함이 올라올 뿐이다.

평범한 일상은 반복적이다. 매일 해야 하는 일, 습관처럼

하게 되는 일, 보고 느끼게 되는 환경이 그다지 다르지 않다. 반복되는 일상이 싫어서 여행을 자주 다닌다는 이들이 있지만 일반적인 것은 아니다. 이 재미없고 구질구질해 짜증이 나기도 하는 일상은 견뎌야만 하는 것인가?

반복되는 일상은 다른 시각에서 보면 안정감을 주는 환경이다. 별탈 없이 지내는 고마운 내 삶의 모습이기도 하다. 아파서 화장실조차 가기 어려웠던 경험이 있는 사람은 화장실에서 볼일을 보는 일상이 얼마나 그리웠는지 안다.

일상의 지루함은 내가 그 안에 안주하면서 만들어놓은 것이 아닐까? 일상을 나를 발견해가는 일들로 연결해보면 어떨까? 일상이 모여 인생이 되고 내가 어떤 삶을 산 사람인가를 어느 정도 보여주는 지표가 된다고 생각해보면 어떨까?

옷장이나 책상을 정리하면서 버릴 것과 채울 것의 기준을 정해보는 일은 내 지나온 삶과 미래의 삶을 함께 생각하게 한다. 과거에는 필요했던 것이 이젠 쓸모가 없어졌다면 그 사이 나는 어떤 식으로 성장하고 변화해온 것이리라. 새롭게 채워야 할 것이 있다면 과거의 삶과 지금의 삶이 어떤 식으로든 달라진 것이 아니겠는가. 물건에 서려있는 기쁘고 슬픈 추억들의 소환 역시 그 기반으로 지금에 와있는 나를 새삼 바라보게 할 것이다. 나의 과거와 미래로 떠나는 짧은 여행을 바로 내 집안에서 할 수 있다.

곳곳에 내가 사용하던, 또는 사 모은 물건들을 바라보며 내 욕망을 새삼 확인하는 기회가 되기도 한다. 다양한 청소용품, 침대와 소파의 많은 인형들, 한쪽에 쌓여가는 음료캔들, 옷장에 비슷한 색과 스타일의 옷들을 보며 나는 어떤 것에 집착하고 있나, 어떤 습관에 길들여졌나, 주로 어떤 스타일을 추구해왔나 하는 것도 새삼 알 수 있다. 반대로, 아직 시도해보지 않은 스타일이나 취향, 일에 도전해볼 기회를 만들 수도 있다.

작은 가구나 물건들을 재배치하는 일은 내가 반복적으로 움직이는 모습을 떠올려보게 하고 소소한 변화를 추구하고 싶은 욕구를 일깨워주기도 한다. 귀가하면 늘 TV 앞에 앉았다가 침대로 향했던 내 하루 마무리를, 침대 옆에 독서등과 작은 테이블을 놓아두고 자기 전까지 책 몇 페이지는 읽고 자는 것으로 바꿔볼 수도 있다. TV 옆에 운동기구들을 놓아두고 TV 시청에 맞춰 운동하는 것을 습관으로 만들 수도 있다.

처음으로 냉장고 청소를 하고, 내 주머니 사정과 영양소를 고려해 식단을 짜고, 인터넷만 검색해도 풍성하게 볼 수 있는 레시피 중 마음에 드는 것을 골라 집밥도 만들어 먹는다. '흠, 나 좀 요리가 적성에 맞는 듯!' 하는 대견한 생각이 들 수도 있다. 같이 먹고 싶은 누군가를 떠올려보고 홈파티에 도전해볼 수도 있지 않을까.

늘 다니는 출근길과 퇴근길이지만 오늘은 한 정거장 전에 내려서 걸어가 본다면, 아직 들러보지 못한 우리 동네 가게들을 하나하나 살펴본다면, 달라진 공기와 가로수의 모습에 오감(五感)을 열어본다면, 온라인 주문 말고 동네 시장이나 가게에서 장을 본다면 여행지에서의 기분이 들지 모른다. 일상이 새로워질 것이다. 그런 내가 여유롭게 느껴질 것이다.

자기 전 조용한 음악을 틀고 떠오르는 잡념들을 흘려보내며 머리부터 발끝까지 몸 곳곳을 느껴본다. 복식호흡을 천천히 해본다. 내 안에서 스멀스멀 피어오르는 망상들을 정화하는 나만의 시간, 명상의 기초 단계를 실천해보자. 평온이 찾아온다.

늘 혼자 들어와 불 켜고 지루하게 맞는 집, 매일 반복되어 지겹게 느껴지는 하찮은 일들이 나를 새삼 발견하게 되는 의식처럼 느껴질 수도 있다. 일상을 창의적으로 만들고 소중하게 가꾸어가는 내가 꽤 근사해 보일 것이다. 마음만 먹으면 언제든 쉽게 할 수 있는 의미있고 새로운 일들이 일상 속에 숨겨져 있다. 내가 발견하길 기다리면서…….

작품 김동우 사진가의 '일본 윤동주 순국지 후쿠오카'
작품 크기 77×100cm 2019년 작
사진가와 작품 정보 : 포토마(www.fotoma.co.kr)

문학을 사랑했으나 일제강점기의 삶과 문학이
일치하지 못하는 현실을 괴로워했던 윤동주 시인.
결국 일본 유학 중 체포되어 생체실험을 당하다
광복이 되기 두어 달 전 비운의 죽음을 맞았다.
시인이 사망한 곳은 후쿠오카 형무소.
그곳을 촬영하기 위해 찾았을 때 그 자리는
새로운 구치소가 들어서 있었다.
매년 2월 후쿠오카 구치소가 있던 곳 바로 옆
작은 공원에서 윤동주 추모행사가 열린다.
카메라 앵글을 맞춰놓고 그 공원을 한동안 거닐었다.
갑자기 그네를 타겠다고 앵글 안으로 들어온
소녀로 인해 그네가 흔들린다.
그러다 이내 미동도 없이 멈추어버린 그네.
평범한 일상의 장면과 대비되는,
윤동주 시인의 비참한 영면의 순간을 상상하게 된다.

사진가 김동우

고단하지만 의미 있는 일상을
살게 된 이유

평범한 샐러리맨의 일상을 버리고 2017년 인도 여행 중 만난 델리 레드 포트(Red Fort)가 우리 독립운동의 현장이란 사실을 발견하면서 새로운 일상이 시작되었다. 이제 나의 일상은 해외 곳곳으로 우리 독립운동 역사의 현장들을 찾아가 사진으로 기록하고 책으로 발간하고 전시를 통해 알리는 일들과 그 준비들로 채워지고 있다.

해외 독립운동의 역사가 간단히 소개된 자료들을 찾아보고 세계지도에 방문해야 할 역사의 현장들을 표시하고 경비를 모아 목적지로 떠났다 돌아오기, 독립운동 유적지와 후손들을 기록한 사진들을 정리하고 다시 자금이 모아지면 또 떠나기를 반복해왔다. 중국, 인도, 멕시코, 쿠바, 미국, 네덜란드, 러시아, 카자흐스탄, 우즈베키스탄, 일본 등을 그렇게 다녀왔다.

떠나기 전에는 어떤 독립운동의 역사를 알게 되려나 설레었지만 막상

현지에 도착하면 길을 찾아 헤매거나, 보존되지 못한 유적지가 사라진 곳에서 안타까움을 느끼곤 했다. 후손들을 어렵사리 만나도 처음에는 의사소통이 되지 않아 애를 먹었고 통역사를 구해 도움을 얻어야 했다. 나의 일상은 이 일을 하기 전보다 더 고단해진 것이 사실이다. 경제적으로도, 체력적으로도, 가족과 주위 사람들에 대해서도⋯⋯.

그럼에도 불구하고 이 일을 위해 일상의 편안함을 포기하고 싶다. 우리가 몰랐던, 독립운동의 성지와 같은 세계 곳곳의 장소들이 사라져가고 있기 때문이다. 만주 한복판에 신흥무관학교를 세우고 독립운동 전쟁을 준비하던 역사적 장소는 지금 옥수수밭이 되었다. 이제야 찾아가 본 많은 해외 독립운동사 유적지들이 이처럼 사라졌거나 사라지고 있다.

우리가 교과서에서 몇 줄 배우고 만 독립운동사 기록에서는 드러나지 않았던 엄청나고 가슴 절절한 해외 독립운동의 역사들을 사진가 한 사람이라도 기록하지 않으면, 우리 일상의 뿌리라 할 수 있는 독립운동 역사의 많은 부분이 사라진다는 생각을 하면 마음이 급해진다.

먹고살기 위해 가난한 조국을 떠나 낯설고 먼 멕시코, 쿠바, 미국, 인도,

중앙아시아, 만주에까지 가서 비루한 삶을 살아야 했던 선조들이 민족의 말과 정신을 가르치는 학교나 독립군 양성학교를 그곳에 세우고 독립운동자금을 지원하고 한인사회를 구축하는 등 해외 곳곳에서 독립운동을 해온 역사가 우리에게 있다. 그들이 목숨 걸고 헌신할 만큼 간절히 바랐던 독립된 조국에서 우리가 잘 살고 있다.

우리의 지금과 무관하지 않은 그 역사에 대해 최대한 많은 사람들이 기억하기를 간절히 바란다. 그런 마음으로 해외 독립운동사의 현장을 찾아 사진으로 기록하고 알리는 일을 계속할 것이다.

다만 이 일이 지속되려면 사진가 한 사람의 힘만으로는 어려운 것이 사실이다. 그래서 "1전 모금운동"을 기획했다. 일제강점기의 가난 속에서 1전이라도 모아 독립운동을 하고자 했던 선조들의 가르침을 나름대로 실천하려 한다. 해외독립운동사의 기록 프로젝트에 후원하고 싶은 분들의 자율적인 참여를 부탁한다.

해외 독립운동 유적의 사진기록집 [뭉우리돌을 찾아서] 출판 후 감사하게도, 전시, 강연, 작가와의 만남 등 청중을 만날 기회들을 가졌고 '유퀴즈 온 더 블럭' 방송에까지 소개되어 보다 많은 분들이 해외독립운동사를 알게 되었다. 독자분들의 책 구매가 늘었고 한국제지 기업의 후원으로 책의 재출판을 할 수 있게 되었다.

인생을 걸고 하고 싶은 일이 생기고 그 일로 가슴 뛰는 삶을 살게 되었다면 일상의 고단함은 작아질 수 있는 것 같다. 주위의 많은 분들이 공감과 도움의 손길로 함께 해주는 것을 느끼며 또 힘을 낼 수 있다.

2019년 첫 출판되어 판매중인 해외독립운동 현장기록 사진집 [뭉우리돌을 찾아서].
뭉우리돌은 밭에 흔히 있는 둥글둥글하게 생긴 큰돌을 뜻하는 우리말로,
김구 선생이 일제의 고문을 당하는 순간에도
뭉우리돌 정신을 품겠다고 한 다짐에서 그 제목을 따왔다.

my story

나의 일상에서 최근 새롭게 시도한(할) 일은?
그렇게 한(생각한) 이유는?

인내심 관리

어릴 때부터 인내의 미덕에 대해 학습되어왔다. "엉덩이가 무거워야 성적이 오른다." "목표를 이룰 때까지 버텨야 한다." "지금은 포기할 때가 아니다." "인생은 어차피 고난의 연속이다. 참지 않으면 어쩔 텐가." 내 주위에서 다양한 사람들이 하는 이런 이야기들에 은연중 동조해왔다.

그럼에도 불구하고 난 인내심이 부족하다는 생각이 든다. 조금 힘들면 못 참고 나가게 된다. 더위나 추위가 심한 공간으로부터, 관계가 불편한 사람들과 일해야 하는 직장으로부터, 책임감이 부담스러운 목표로부터…… 시작했는데 끝을 보기 어려운 나, 왜 그럴까?

내 안에 오래전부터 자리 잡은 불안감이나 공포심이 주범이다. 실패할 것 같아서, 나한테 비난이 올 것 같아서, 내가 죽을 것 같아서 버티지 못하겠다는 생각이 머리끝까지 치밀어오르는 순간 멈춘다! 포기한다. 미래의 어느 날 지금 인내하지 못한 것에 대해 후회와 아쉬움을 느끼게 되겠지. 누군가는 끝까지 해내는 것을 보고 질투심이 일기도 하고 나 자신이 더 초라하게 느껴질 수도 있겠지.

누구에게나 결과가 성공적일 수도 있고 실패를 맞을 수도 있는데 미리 실패의 두려움에 압도되면 견디기 어렵다. 과거 실패에 대한 비난과 좌절의 경험들로부터 그런 무의식이 작용하는 것이다.

감정을 드러내는 일에도 때로는 인내가 필요하다. 타인의 거친 말과 행동에 화가 나 그 순간 똑같이 화를 내면 나 역시 그런 수준으로 행동하는 사람이 된다. 관계는 악화되고 상황은 더 심각해질 수 있다. 이내 자괴감과 후회가 밀려온다. '참았어야 했는데……' 그렇게 참지 못하고 폭발한 것은 내 안의 두려움과 원초적 분노 때문이다. 상대의 말과 행동은 그저 '폭탄'의 기폭제였을 뿐.

살아가면서 매 순간순간 버티는 힘이 필요하다. 파도타기를 즐기는 사람들은 파도를 극복하려 하지 않는다. 요동치는 파도를 자신의 중심력(복근과 허벅지 근육의 힘)으로 '요령 있게' 견딘다. 그것은 저항이 아니라, 외부의 자극에 지혜롭게 순응하는 일이다.

어렵고 두려운 관계를 지속해나가야 한다면 그 일에 맞서지 말고 파도를 타듯 이용하는 지혜를 모아보자. 내게 함부로 말하는 '그 인간'을 그렇게밖에 할 수 없는 불쌍한 사람으로 여겨주자. 내 잘못이 아니고 그가 못나게 자란 것이다. 당장 맞서거나 알려줘봤자 그는 저항과 분노를 더 키울 것이다. 그런 생각이 들면 같이 화내며 상황을 악화시키는 일이나 무조건 삭이며 내 안에 화를 키우는 일은 줄어들 것이다.

지금의 물리적인 힘듦은 '나한테 일어나서는 안돼. 난 이것 때문에 죽을 듯 힘든 거야.' 하는 저항과 두려운 마음 때문에 더 증폭된다. 평생 움직이지 못하고 누워있어야 하지만 오직 움직일 수 있는 입으로 창작을 하는 사람들이 있다. 기적 같은 그 일은 자신의 두려움을 극복하고 상황을 받아들이고 관찰하면서 대응할 힘을 발견했기에 일어났다.

객관적으로 혹독한 환경에 처한 것이 아님에도 "너무 추워." "더워 죽겠어." 하는 입바른 말을 내뱉는 순간, '난 이런 고생스러운 곳에 있으면 안돼.' 하는 저항감을 가지는 순간, 나의 뇌도 그 장단에 맞춰 실제보다 더 힘들게 느끼도록 만든다. 심신의 스트레스가 필요 이상으로 높아진다. 추위나 더위처럼 내가 어찌할 수 없는 외부자극을 담담하게 받아들이려 하면 두려움과 고단함이 줄어든다.

지금의 힘듦을 견뎠을 때와 그렇지 못했을 때의 결과를 각각 냉철하게 생각해보자. 힘들어서 그만두면 당장 더 큰 어려움이 닥치거나 나에 대한 자괴감과 낮은 자존감으로 더 불행해질 수 있다는 생각이 들면 버티자. 버티는 것은 무조건 참아 속을 썩이는 것이 아니다.

인생의 파도에 맞서거나 피하지 않고 요령 있게 타고 넘을 수 있도록 자신을 격려하며 나름의 방법을 터득하는 일이다. 패배자, 나약한 사람이어서 견디는 것이 아니고 지혜로운 사람으로서 불필요한 대응을 자제하고 분노, 공포, 불안을 내 안에서 걷어내는 것이다.

인내도 훈련이 필요하다. 오늘의 인내심이 내일은 좀더 단단해지고 보다 오래 이어질 수 있도록 연습해보자. 두려운 상대나 상황, 어려워 포기하고 싶은 그러나 마음속에서는 원하는 목표를 향해 자신을 믿고 한 걸음씩 내딛다 보면 어느새 지혜롭게 인내할 수 있는 내공을 쌓게 될 것이다. '오늘 이 일은 잘 참았다.' 하는 격려와 칭찬을 나에게 매일 해줄 수 있다면 인생의 고수가 될 수 있다. 이젠 누구에게도 함부로 휘둘리지 않을 수 있다.

with the art

작품 남준 사진가의 '오체투지(五體投地) 하는 수도승(인도 라다크)'
Prostrations 작품 크기 60×90cm 2010년 작
사진가와 작품 정보 : 포토마(www.fotoma.co.kr)

오체투지는 양 무릎과 팔꿈치, 이마 등
신체의 다섯 부분이 땅에 닿도록 자신의 몸을
최대한 낮추어 불·법·승 삼보(三寶)께 큰절을
올리는 불교 수행의 하나다.
인도 라다크 언덕을 오르며 오체투지 수행을 하고 있는
젊은 스님을 촬영했다.
희고 거대한 설산이 내려다보는 곳에서 작고 여린
인간의 처지를 의식하고 경외하는 마음을
고강도의 인내로 표현하고 있는 것 같다.

사진가 남준

인내, 힘듦 속에서
나를 오래 바라보기

인도 북부 히말라야 지역에 위치한 라다크(Ladakh)는 그 나라 말로 '높은 고개의 땅'이란 뜻이다 해발 3,500미터의 고원에 있어서 그곳 사람들은 매서운 추위와 거친 자연환경 속에서 살아가야 한다. 그래서인지 그들의 생활은 어려운 환경 속에서 자신을 구원해줄 신을 경배하는 것들로 차있다.

라다크는 '리틀 티베트'라 불릴 만큼 티베트와도 비슷한 분위기이다. 나는 티베트와 북인도를 이어서 여행하곤 했다. 비교적 잘 보존된 자연환경, 소박한 생활 속에 배어있는 불교문화, 순박한 사람들의 표정들 모두 닮아 있어 국경을 넘어도 낯설어지지 않았다.

티베트와 북인도의 라마불교 승려들과 그 수행자들은 자신의 몸 하나 겨우 들어갈 허름한 기도소를 짓고 오랜 시간 명상을 하거나 '오체투지

(五體投地)'라는 고된 수행을 한다. 그 처연한 행위와 고행의 모습들을 지켜보면 나 역시 동화되어 숙연한 마음으로 카메라를 들곤 했다.

오체투지는 말 그대로 신체의 다섯 가지를 땅에 붙이며 가장 낮은 자세로 천천히 앞으로 나아가는 불교 수행이다. 불교에서 삼보(三寶)라 일컫는 불·법·승께 최대한의 존경을 표현하는 의식이다. 양손을 합장하고 양 무릎을 땅에 대고 꿇어 앉은 후 오른쪽 손에 이어 왼손과 이마를 땅에 대고 엎드리면서 양손 바닥을 뒤집어 올려 부처를 받드는 동작을 하며 앞으로 나아가는 것이다.

추위 속에서도 온몸은 금세 땀으로 범벅이 되고 얼굴이 벌겋게 달아오르며 몸에서 김이 피어오른다. 험한 돌길, 높게 경사진 언덕길을 그런 자세로 오르는 것이다. 익숙하지 않은 사람들은 오체투지를 한 지 얼마 안되어 무릎이 아파오고 다리가 후들거리고 점차 몸이 떨리기도 한다. 대단한 인내심이 없다면 포기하기 쉬운 고통의 순간들이 수시로 밀려든다.

오체투지를 불교적으로만 바라볼 일은 아닌 것 같다. 몸을 가장 낮은 위치가 되게 하고 대지에 바짝 붙이는 자세를 지속함으로써 자연에 속하는 연약한 존재임을 깨닫게 하고 인간의 교만함을 버리게 한다.
몸으로 강하게 느껴지는 고통을 인내하며 자신을 자각하게 되는 오체투지를 해본 이들은 마음의 정화(淨化 카타르시스)를 체험하고 눈물을 흘리기도 한다. 이 순간 무엇이 중요한가? 오직 나 자신이 온전히 느껴질 뿐이다.

인내란 타인을 위해 억지로 참는 것이 아니다. 더 나은 내가 되기 위해 힘든 가운데 나에게 집중하는 일이 아니겠는가. 티베트나 인도에서 만난 오체투지 수행자들은 나보다 젊었고 때로는 어린 사람들이었다. 그들의 인내심과 수행의 마음에 절로 고개가 숙여졌다.

작품 남준 사진가의 '염주를 들고 기도하는 아이(라다크 쉐이 곰파)'.
진정한 삶의 본질은 내면을 응시하며 자신의 본질을 깨달았을 때 이해된다. 그러
한 통찰을 통해 우리는 서로 연결된 존재임을 이해하게 되고 서로를 위하는 선한
심성으로 사랑과 조화를 이루며 살아가게 될 것이다. 이런 믿음이 티베트와 인도
에서 만난 남녀노소 누구에게나 깃들어있는 것 같았다.
Insight Meditation 작품 크기 114.3×76.2cm 2010년 작
사진가와 작품 정보 : 포토마(www.fotoma.co.kr)

my story

내 지금의 인내심은 1~10점 중 몇 점?

인내하기 가장 어려운 일은?

그 이유는?

자기 전 드는 생각

'내일 그 인간을 또 마주해야 하나?'

'오늘 괜히 그 말을 했어. 날 오해하지 않을까?'

'내일 할 발표 준비를 더 할까, 그냥 잘까?'

'나한테 어떻게 그럴 수 있어? 내가 얼마나 잘해줬는데'

대체로 자기 전에 드는 생각이 걱정, 불안, 후회, 분노 같은 것이라면, 다시 오지 않을 나의 오늘이 행복하지 않았던 것 같다. 나의 매일매일이 이렇게 흘러가는 것은 아닐까?

자기 전 드는 생각들은 오늘의 내가 어떻게 살았는지를 보여주는 거울이거나, 내일이 어떤 하루가 될 것인가를 가늠하는 이정표 같다. 후회나 걱정만 깃드는 밤이라면 아침에 눈 뜨기도 싫어진다.

밤에 누워있는 시간은 잊고 있던 좋지 않은 기억들이나 불안감이 떠오르기 쉬운 때이다. 하나의 걱정이 꼬리를 물고 다른 생각으로 이어지면서 내 수면을 방해하고 그렇게 심신의 건강이 훼손되기 쉽다.

그런 걱정이나 부정적인 생각 대부분은 현실에서 일어나는 것이 아니라 내 마음이 만들어내는 허상이다. 지금은 어찌할 수 없는 과거의 사건, 내가 어찌해볼 수 없는 일, 일어나지 않을 수 있는 일, 입장 바꿔 생각해보면 그럴 수도 있겠구나 하고 수긍할 만한 일 등등 걱정할 필요가 없고 속을 끓여봤자 무의미한 일들에 내 소중한 수면시간을 내주고 있는 것일 수 있다.

만약 자기 전 오늘 웃게 했던 누군가, 감사한 일들, 새롭게 알게 된 굿뉴스, 소소한 감동, 내일 좀더 잘 할 수 있는 것들, 내일 새롭게 둘러볼 것들을 생각해본다면 오늘이 나름 괜찮은 하루였던 만큼 내일도 즐겁고 희망적인 날로 느껴지지 않을까? 그렇게 평온한 마음으로 잠자리에 들면 어김없이 찾아오는 내일을 새로운 행복으로 채워갈 수 있지 않을까? 아마 그럴 것이다.

자려고 누웠다가도 해야 할 일이나 걱정거리가 떠올라 결국 잠을 포기하고 자신을 괴롭히고 있지는 않은가? 일어나지 않은 부정적 결과를 상상하며 새벽까지 일을 붙들고 있는가? 완벽을 추구하는 강박과 높은 불안감 때문일 수 있다. 자칫 밀려날까 봐, 내가 일을 그르치게 될까 봐 전전긍긍하고 있는 것은 아닌지…….

너무 몰두하느라 시간이 이렇게 흘러간 줄도 몰랐다는 것과, 잠과 휴식을 희생해 이 일을 해야 안심이 된다는 생각은 다르다. 즐기는 것과 불안해하는 것의 차이다. 불안과 강박으로 하루하루를 보낸다면 '번아웃(Burnout : 과도한 노동으로 심신의 피로감이 극에 달해 무기력해지는 증상)'이 될 위험도 있다. 나를 그렇게 밀어붙이고 있는 불안감이 어디에서 비롯되었을까 생각해야 한다. 그리고 벗어나야 한다.

훈육 차원으로 자식에게 비판적으로 이야기해온 부모로부터 더 잘해야 한다는 강박, 지금 잘못하고 있는 것은 아닌가 하는 불안이 생겨난 것일 수 있다. 스스로는 열심히 해야 한다는 의지로 느낄 수도 있지만 나를 괴롭히는 수준으로 가고 있는 것은 아닌지 생각해보자. 거역하기 힘든 윗사람의 지시라 해도 잠을 줄이지 않는 선에서 최선을 다해 언제까지는 하겠다는 협의를 할 수 있어야 한다. 난 누군가에 의해 조종되거나 삶을 희생해야 하는 사람이 아니다!

잠자리에서 날 괴롭히는 걱정거리는 생각만으로 없애기

가 쉽지 않다. 그렇다면 구체적으로 적어보자, 날 불안하게 만드는 것에 대해. 그리고 지금 해소할 수 있는지, 할 수 없는지 체크해보자. 대부분 할 수 없는 것들이거나 꼭 지금 하지 않아도 되는 일들이다.

또 지금 이 걱정의 기원을 찾아볼 수도 있다. 뚜렷한 원인이 떠오르지 않는 걱정과 불안감은 무의식에서 비롯된다. 밤에는 그 무의식이 더 잘 떠오른다. 그렇다면 '지금의 나와 상관없는 불안이군. 괜찮아' 하고 나를 다독여주면 된다. 이제 잠자리에 들어가 천천히 복식호흡에 집중하며 나른해지는 상태를 즐기자. 잠이 든다…….

나의 밤은 소중한 삶의 한 부분이다. 완벽하려는 욕심도, 지나놓고 보면 별일 아닌 지금의 불안감도 이 시간을 침범할 수 없다. 내일을 행복하게 맞이하려면 자기 전 좋은 생각을 하자. 아예 무념무상으로 잡념을 털어버리고 숙면을 취하는 것도 참 좋은 일이다. 명상 연습을 통해 할 수 있다.

오늘 난 열심히 살았다! 내일도 그렇게 할 것이다. 그러려면 내게 수면과 휴식, 심신의 안정상태는 필수적이다. 긴 인생에서 이렇게 하루하루 밤이, 내 한 해가, 청춘이, 삶이 건강하고 행복하게 이어지도록 노력하자.

with the art

2018년 2월
오로라를 보기 위해 찾은 아이슬란드에서
강추위와 눈보라를 견디며 만난 한밤중의 오로라.
카메라 셔터를 눌러야 하는 손가락은
동상에 움직이기 어려울 정도였지만
이런 행운을 만난 것이 참으로 감사했다.
여행 후 한동안 잠자리에 들어서도 잊히지 않는
'인생풍경'의 하나.

작품 정혜원 사진가의 '아이슬란드 풍경_오로라'.
Iceland (be consoled) 2 작품 크기 90×90cm 2018년 작
사진가와 작품 정보 : 포토마(www.fotoma.co.kr)

사진가 정혜원

잠 들기 전 속으로 외치는 구호
'단순하게!'

엄마로, 아내로, 성실한 직장인으로, 그리고 사진가로 살아오면서 머릿속이 단순해지기는 힘들었다. 일상에서 순간순간 처리해야 하는 일들과 사람들로부터 오는 이런저런 자극들, 촬영일정과 전시에 대한 걱정거리 같은 당면한 일에 대한 것뿐 아니라 내가 어떻게 살아야 하는지 삶에 대한 큰 고민까지, 자기 전 온갖 생각의 소용돌이 속에서 쉽게 잠들기 어려운 날이 많았다.

그래서였을까. 몸도 아프기 시작했다. 그제서야 비워내야겠다는 생각이 들었다. 나 스스로 어찌해보려 껴안고 이리저리 맞추어봐도 뾰족한 수가 없고 미련만 남게 되는 생각들을 털어내보기로 했다. 그때부터 나에게 (속으로) 외치는 구호가 생겼다. '단순하게 살자!'

한 번뿐인 인생에서 정답을 생각하고 그에 맞추려 애쓸 필요도 없고 설사 지금 생각한 대로 했다가 좀더 힘들어지더라도 내가 선택하고 행한 그 자체가 소중하다고 생각하며 살기로 했다.

추위를 너무나 싫어하는데도 아이슬란드 여행을 하기로 한 것 역시 이것 저것 고민하고 따지지 말고 단순하게 생각해 결정했기 때문에 가능했 다. 오직 인생 버킷리스트의 하나였던 오로라를 보고 싶었다.

낯선 곳, 게다가 추위가 두려운 내게 위협적인 얼음나라를 처음 방문하 면서도 사전에 정보를 찾아보지 않았다. 백지 상태로 가서 내 마음을 풀 어놓고 싶었다. 단순하게 생각하고 행동하자!

추운 2월에 더 추운 아이슬란드로 가서 2주간의 여정을 소화하는 것은 상상 이상으로 힘들었다. 첫인상은 거대한 얼음덩어리로 기억된다. 촬 영 여정 내내 눈보라, 강풍, 겨울비, 높은 파도, 차가운 안개를 견뎌야 했고 추위 속 경직된 나 자신에게 그곳은 환영받지 못한 이방인의 쓸쓸 함마저 느끼게 했다.

우리 일행보다 2주 먼저 다녀온 이들이 오로라를 보지 못했다는 이야기를 들었을 때는 걱정도 생겼다. 그러나 주사위는 던져졌고 더이상의 불안감은 무의미했다. 볼 수 있을 거란 희망을 갖고 기도하는 것이 최선이다.

오로라를 '영접'하려면 늦은 밤 강추위 속에서 벌판에 오래 서있어야 한다. 옷을 잔뜩 껴입어도 몸은 얼어가고 있었는데 카메라 셔터를 눌러야 하는 손가락이 동상 직전이어서 마음대로 움직이지 않았다. 겁이 나고 애가 탔다. 칠흑 같은 어둠이 엄습한 겨울밤은 고립의 공포를 만들기도 했다.

다시 생각을 가다듬었다. 나는 오로라를 보기 위해 기다려야 하고 오로라는 결국 나를 만나줄 것이란 생각만 붙들고 그외의 생각들을 떨구었다. 혹독한 자연을 그저 느끼면서 길게 호흡하며 시간을 흘려보냈다. 그렇게 고독과 고생을 기꺼이 받아들이게 된 어느 날 오로라가 모습을 드러냈다. 그 순간 생각과 말은 멈추었고 입에서는 감동의 노래가 흘러나왔다.

귀국해서 한동안 자기 전에 오로라가 떠올랐다. 나만의 황홀한 추억이 생긴 것이다. 많은 걱정과 불안한 생각에 휘둘렸다면 만나지 못했을 인생의 결정적 순간……. 단순하게 사는 것은 새로운 것을 향해 나아가게 하는 큰 힘이 된다.

작품 정혜원 사진가의 '아이슬란드 풍경' 중 하나
Iceland (be consoled) 작품 크기 90×90cm 2018년 작
사진가와 작품 정보 : 포토마(www.fotoma.co.kr)

my story

자기 전 휩싸이게 된 생각이나 기분에 대해,
그것은 어디서부터 비롯된 것인지,
지금 해결할 수 있는 것인지 여기에 정리해두고
이제 잠자리에 들자. 홀가분한 마음으로!

좋은 일과
나쁜 일 사이의 나

회사나 학교에 가서도 만나서 이야기하고 싶은 사람과 농담조차 듣기 싫은 사람이 있게 마련이다. 그런데 회식자리에서 부득이하게 농담도 듣기 싫은 그와 합석을 하게 되었다. 그는 웃고 싶지도 않은 농담을 해댄다. 내 표정이 굳어져 가는 순간 그가 내게 말한다. "뭐 안 좋은 일 있어?"

조별로 맡은 역할들이 있었다. 그런데 팀 동료 하나가 사정이 있다며 갑자기 못하겠다고 한다. 결국 내가 그 일까지 하게 될 판. 먼저 열이 받으면서 속으로 한마디 하고야 만다. '이런 X 같은……'

이제 상황을 다시 생각해보자. 웃기기는커녕 '왜 저래?' 할 수준의 농담을 해대는 그 '꼴 보기 싫은 이'는 다른 사람들이 나를 봐주고 지지해 주길 바라는 내 모습과 닮아있다. 우린 누구나 타인의 인정과 지지를 원하는 호모사피엔스다. 만약 그에게 한 것처럼 나한테 누군가 대놓고 무시나 적의를 드러낸다면 난 그날 밤새 침대에서 뒤척일 것이다. '그깟 웃어주는 게 뭐가 어렵다고, 면박이나 주지 말든지. 넌 뭐 그리 잘났냐?' 이런 분노어린 혼잣말을 해댈 수도 있다.

　같이 하기로 약속한 일을 내가 사정이 생겨 못하게 되었을 때 나 역시 맘이 편치 않을 것이다. 무엇보다 나를 원망할 타인들의 반응과 나에 대한 부정적 인식이 생겨나는 것이 몹시 신경쓰인다. '내게 본의 아니게 일을 떠넘기게 된 그도 그렇겠지.' 하는 마음이 든다.

© 일러스트 Keun

　언제나 좋은 일과 나쁜 일이 일어난다. 그 일은 다르게 이해해보면 꼭 좋지만도, 반드시 나쁘지만도 않다. 그저 내가 지금 받아들여 해야 할 일이라면 날 위해 굳이 열 받을 필요도 없다.

'새옹지마(塞翁之馬)'란 말이 있다. 중국에서 우리나라로 건너와 오랫동안 입에 오르내리는 사자성어(四字成語)인데 그에 얽힌 이야기가 인생의 본질을 말해준다.

중국 국경지방에 사는 노인[塞翁]이 기르던 말[之馬]이 국경을 넘어 도망치자 이웃들이 위로를 했다. 그런데 노인은 "이일이 복이 될지 누가 알겠는가?" 하고 안타까워하지 않았다. 몇 달 지나 도망간 말이 암말을 데리고 등장. 이웃들이 축하 인사를 건네자 그 노인은 "이것이 화가 될지 누가 알겠는가?" 하며 기뻐하지 않았다. 얼마 후 노인의 아들이 말을 타다 떨어져 다리를 다치게 되었다. 이웃들이 걱정해주자 "이 일이 복이 될지 누가 알겠소?" 했다. 이후 전쟁이 일어나 남자들이 징집되었는데 노인의 아들은 다리를 다친 바람에 전쟁터에 나가지 않게 되었다.

지금 좋은 일이라고 여긴 일, 나쁜 일이라고 힘들어하는 일이 따지고 보면 그렇지 않을 수 있고 다른 결말이 날 수도 있다. 고사성어의 '새옹'처럼 일희일비(一喜一悲) 하지 않고 그저 '이 일에 대해 내가 어떻게 하는 것이 나한테 정말 좋은 것일까?'에 집중해보자.

나쁜 일이 생겼을 때 외부 탓을 하며 불평하기는 참 쉽다. 그러나 그런 행동은 내게 스트레스가 되고 해결에 도움이 되지 않는다. 게임의 주인공처럼 이 일을 잘 처리하기 위해 노력하는 것만으로도 나는 그만큼 정서적으로나 능력 면에서나 성장할 수 있을 것이다. 내 주위에서 일어나는 일들을 조절하고 마음에서 잘 처리하는 내가 진짜 승리자이다!

작품 하춘근 사진작가의 '역사의 그림자_히로시마 그라운드제로'
soh_GZ_Hiroshima 34.39558N 132.453449E #1 작품 크기 150×139cm 2017년 작
사진가와 작품 정보 : 포토마(www.fotoma.co.kr)

2001년 미국 월드트레이드센터 빌딩이 테러로
폭격을 맞은 날 전세계는 충격에 휩싸였다.
그 자리는 희상자를 추모하고 평화를 기리는 공원으로
조성되었고 '그라운드 제로(Ground Zero)'라고도 불려졌다.
그라운드 제로는 2001년 미국에서 가장 중요한 어휘로 선정되었고
세계적으로도 널리 알려졌다.
그런데 그라운드 제로라는 말은 2차 세계대전 당시
미국이 일본의 히로시마와 나가사키에 원자폭탄을 투하했던
지점을 일컫는 용어가 그 원조다.
일본에 핵폭탄이 떨어진 그라운드 제로 지역에도
평화공원과 희생자 추모비들이 건립되어 있다.
그라운드 제로로 상징되는 '역사의 숨은 그림자' 한 부분이
아닐 수 없다. 미국에 이어 일본 히로시마, 나가사키의
그라운드 제로 현장들을 찾아 촬영한 800여 장의
도큐 사진들을 응축해 'Shadows of History' 연작 중
하나의 작품으로 내놓게 되었다.

사진작가 하춘근

역사에서 '좋은 쪽' '나쁜 쪽'이 있을까?

어릴 때부터 '전투', '전우', '라이언일병 구하기', '지옥의 묵시록', '플래툰', '킬링필드' 등등 전쟁영화를 좋아했다. 끔찍한 폭력 속에서 피어나는 휴머니즘에 매료된 것이 그 이유다. 난관을 뚫고 목숨을 걸고 동료를 구하고 공포 속에서 대의를 품고 죽어가는 이들, 절대적 정의를 위해 목숨을 바치는 이들의 결연한 모습 위에 어리는 '고결한 인간다움'의 표상을 감동적으로 바라보던 시절이 있었다.

이제는 그 영화의 역사적 배경이 된 전쟁들이 어떤 이권 속에서 발발하게 되었는지 알게 되었고 픽션에서 보여준 휴머니즘의 허구도 깨닫게 되었다. 인류사는 인간의 비이성적 행위로써 촉발된 다양한 사건들로 점철되어왔고 파괴와 재건이 반복되고 있는 것 같다. 한쪽은 휴머니즘을 위한 파괴를 주장하고, 침략 받은 곳에서는 비탄 속에서 또다른 휴머니즘의 희망을 이야기하며 재건하는 일련의 역사적 과정이 사건의 장소들마다 드러난다.

2001년 9월 11일 한국시간으로 자정이 되어가던 즈음 CNN Breaking News를 통해 맨하튼의 세계무역센터(WTC)가 테러리스트들의 비행기 공격으로 불타서 무너지는 광경을 보며 할 말을 잃었던 그 현장, '그라운드 제로'도 그런 역사의 아이러니를 보여준다.

엄청난 재난에 의해 초토화된 지역을 뜻하는 '그라운드 제로'라는 말은 그 참사를 통해 세상에 널리 알려졌다. 미국 911 테러 희생자를 추도하고 평화를 기원하는 공원과 기념관이 그라운드 제로 현장에 건립되어 세계 관광객들을 모았다. 2001년 '그라운드 제로'는 미국사회에서 가장 상징적인 어휘로 선정되기도 했다.

그런데 애초에 '그라운드 제로'는 미국이 1945년 히로시마와 나가사키에서 수행한 원자폭탄 투하 작전 '맨하튼프로젝트'에 사용된 기준 좌표를 의미한 것이었다. 원폭 피해국인 일본은 우리나라를 비롯해 세계 여러나라를 식민지화 하던 전범국(戰犯國)이었음은 물론이다.

이처럼 우리가 맹목적으로 받아들이던 역사적 사실에 드러나지 않은 진실의 그림자가 있다. 나는 국내외 전쟁, 테러, 폭력 등으로 인간의 자유와 존엄성이 심각하게 위협받았던 역사적 장소들에서 더 이상 이데올로기로 이용되는 휴머니즘이 아닌, 드러나지 않은 역사적 진실에 대해 생각해보고자 "역사의 그림자(Shodows of History)" 연작을 진행하고 있다.

그 첫 작업으로, 미국 그라운드 제로의 현장과 일본 히로시마, 나가사키의 그라운드 제로 현장을 모두 찾아가 촬영한 이미지들을 응축해 작품화했다. 뉴욕 맨하튼의 911현장, 히로시마 원폭지점에 당시 철골만 남은 돔과 희생자들로 덮였던 오타 강, 나가사키의 원폭투하 지점을 촬영한 800여 도큐사진들은 '역사의 표면적인 사실 이면의 그림자'에 대한 상징성을 보여주는 작품소재였다.

문득, 방문 당시 미국 뉴욕의 그라운드 제로 지역 기념관에 이어지던 추모객들의 모습과, 일본 히로시마 그라운드 제로 지역의 평화공원에서 당시 원폭 희생자 가족이나 목격자들이 노인이 되어 방문객들에게 그날의 참사를 열심히 설명하던 모습이 오버랩된다. 일본의 원폭 피해에 대한 역사적 교훈에는 우리나라를 강탈했던 역사에 대한 반성은 없었다.

작품 하춘근 사진작가의 '역사의 그림자_뉴욕 그라운드제로'.
911 테러로 세계무역센터 빌딩이 무너져 내린 현장의 바닥을 촬영한
911장의 도큐사진들을 응축한 이미지를 배경으로
메모리얼 파크를 방문한 추모객들 모습이 매칭되어 있다.
soh_GZ_Newyork 40.71104N 74.013034W #6
작품 크기 100×100cm 2017년 작
사진가와 작품 정보 : 포토마 (www.fotoma.co.kr)

my story

내게 나쁜 일로 여겼던 것에서 발견한 좋은 점은?
좋은 일로 여겼던 것에서 조심할 점은?

PART 4 | 나의, 미래,

*

이 세상의 삶은 언젠가 끝이 난다.
만약 내가 그 마지막 날에 지난날을 되돌아볼 수
있다면 내 삶을 어떻게 평가하게 될까?
어떤 아쉬움을 갖게 될까?
'다행히 이런 의미 있는 일들을 잘 해냈구나' 하게 될까?
삶의 마지막에 와있는 환자들을 돌본 호스피스가
환자들이 임종 전 공통적으로 한 후회의 말을
책을 통해 전한 적이 있다.
그들은 모두 가족이나 이웃과 더 좋은 시간을
보내지 못한 것, 타인과 더 나누지 못한 것을
후회했다고 한다.

내 인생 포트폴리오

포트폴리오는 채용을 위해 내 실력을 입증할 결과물들이나 작품들을 모아놓은 것이다. 그런가 하면 주식 투자에서 위험손실을 낮추고 수익을 높이기 위해 여러 종목에 분산투자하는 것도 포트폴리오라 한다.

이처럼 취업이나 입시를 위해 또는 수익형 투자를 위해서 고민하고 준비하는 것만이 포트폴리오일까? 내 인생의 포트폴리오는 어떨까? 언젠가 내 삶을 되돌아볼 때 내가 어떤 사람으로 살아왔는지를 나타내주고 후회와 아쉬움을 줄여주는 인생 포트폴리오를 생각해볼 필요가 있다.

직업이나 전공, 사회적 위치나 관계에서의 역할에 대해 내 능력과 정체성을 나타내는 포트폴리오만으로 내 인생이

채워질 수 있을까? '삶의 본질적인 행복'이란 기준에서 현재 부족하다고 느껴지거나 언젠가 후회와 아쉬움으로 남게 될 '하지 못한 것들'로서 인생 포트폴리오에 추가해야 할 것들은 무엇일까?

나에게 잠재된 새로운 능력과 끼를 발산할 수 있는 취미 활동, 반려 동식물을 돌보거나 내 삶의 터전을 가꾸는 일, 이웃에게 도움을 주어 보람을 느낄 수 있는 봉사활동, 심신의 건강을 위해 꾸준히 할 운동, 친구나 가족과 마음을 나누는 모임 등등, 생계형 일 외에 '언젠가 시간이 될 때 해야지.' 하고 마냥 미루어둔 일들, 일만 생각하며 달려오다 놓치고 있던 아주아주 중요한 가치들을 인생 포트폴리오에 꼭 포함시키자.

물론 내가 생의 어디쯤에 와있느냐에 따라 다양한 일들을 할 여건이 달라질 수 있다. 내가 성장한 만큼 삶에 대한 생각이 변화하고 그에 따라 포트폴리오를 이전과 달리 생각할 수도 있다. 나의 성장 단계별 인생 포트폴리오를 생각해볼 수도 있다. 오직 먹고 싸는 본능에 충실하여 생명을 잘 지켜온 유아기를 지나, 인간사회에서 살아가기 위한 기초 학습을 하게 되는 청소년기를 거쳐, 사회의 독립된 성인으로 살아가고 있는 지금뿐 아니라, 가정을 갖고 가족을 꾸리게 되는 때에 이어, 은퇴 후 새로운 계획으로 살아가게 되는 노년기에 이르기까지 각 성장 단계마다 필요한 포트폴리오를 준비해보면 어떨까?

내 삶에서 중요한 가치들, 그 다양한 포트폴리오에 대해 우선순위를 정하고 시간을 무리하지 않는 선에서 쪼개어 실천할 수 있도록 배치해보자. '우선순위'의 기준은 '지금 하지 않으면 후회하게 될 것인가, 내 삶이 기본적으로 유지될 것인가, 나의 정체성(개성)에 적합한가, 자발적으로 원하는 일인가, 결과적으로 내게 좋은 가치가 될 것인가' 같은 나를 위한 것이어야 한다. 지금 당장 할 수 없는 일들은 언제부터 시도하고 실천할 것인지 계획을 세울 수 있다.

언젠가 이 세상을 떠날 때 내 지난날을 돌아볼 수 있다면, 또는 내 삶을 요약하는 묘비명을 생각해본다면 내 인생과 나에 대해 어떤 말을 남길 수 있을까? 나는 어떤 삶을 살아왔다 할 수 있을까? 그 근거가 될 인생 포트폴리오를 지금부터라도 생각해보자.

내가 직업인이나 돈을 벌기 위해 애쓰던 사람일 수만은 없지 않은가? 취미와 친교 같은 내 본능적 욕구를 충족시켜줄 활동들을 포트폴리오에 포함시켜 실천해갈 때 오히려 '영혼 없이 다니던' 직장생활에서 생기를 찾고 새로운 활력을 얻게 될 것이다.

나는 평생 성장할 것이다. 노년이 되어도 성장을 멈추지 않을 수 있다. 뇌과학자들도 뇌에 다양한 자극을 지속적으로 주면 신체의 성장이 멈춘 성인기, 쇠퇴하는 노년기에도 뇌기능은 더 좋아질 수 있다고 한다. 내 인생의 포트폴리오도 성장과 성숙에 초점을 맞추어 전 생애에 걸쳐 준비하자.

그간 내가 해보지 않은 일들에 도전해서 잠재되어 있던 내 재능을 발굴하고 새로운 경험을 통해 색다른 행복을 누릴 기회를 꾸준히 마련하자. 다양한 사람들로부터 다채로운 기회들을 통해 배우고 시도하고 나 스스로 피드백(feedback : 진행된 행동이나 반응의 결과를 본인에게 알려 주는 일) 하는 삶은 늘 청춘의 감성과 정신을 유지시켜줄 것이다.

이처럼 나의 성장에 초점을 맞추고 꾸준히 지치지 않게 노력한다면 언제든 닥칠 위기를 대비하고 위험을 분산시킬 포트폴리오도 구성할 수 있다. 위기가 닥쳐도 보다 빨리 헤쳐 나갈 수 있는 자신감을 회복하고 언제든 내게 도움을 줄 '내 편'을 만들려면, 지금부터 크고 작은 도전을 통해 성취감을 높이고 주위 사람들과 교감하고 작은 도움을 주고받는 삶의 포트폴리오를 마련해야 한다. 매일 많은 시간을 낼 수 없더라도 간간이라도…….

오로지 일만 중요시하고 주위 사람들과 관계 맺는 것은 등

한시해왔다면 난 외롭고 좁은 세계 안에 있었던 것이다. 지금까지 내 포트폴리오는 빈약할 것이다. 돈을 버는 일이 내 삶의 전부가 되어서는 안된다. 오직 나의 행복과 성장을 위해 삶의 포트폴리오를 다양하게 구성하자. 취미와 놀이 같은 창의적 에너지를 줄 소중한 기회들을 꼭 포함시키자.

내가 어떤 사람이었는지, 내 삶이 어떤 것이었는지, 내게 닥친 위험들을 어떻게 지혜롭게 헤쳐왔는지 하는 것은, 지금부터 세워두고 수정, 보완해가는 내 인생의 포트폴리오에 달려 있다.

대한민국임시정부 요원들은
일제의 감시를 피해 상하이를 비롯한 중국 각지에서
무장항쟁을 벌여나갔다.
당시 상하이에서 활동하다 순국한 독립운동가들이
묻힌 곳이 만국공묘(萬國公墓)이다.
이곳에 한국인 묘는 14기가 있는 것으로 알려져 있다.
1993년 이후 한국으로 일부 봉환됐다.
이 묘의 주인공들은 짧은 생이었지만
후대가 기억해야 할 독립운동으로
삶의 포트폴리오를 채우신 분들이다.

작품 김동우 사진가의 '중국 상하이 만국공묘'
작품 크기 77×100cm 2018년 작
사진가와 작품 정보 : 포토마(www.fotoma.co.kr)

사진가 김동우

대한민국임시정부의 독립을 향한
'고난의 행군'

중국은 우리 선조들이 일제의 감시를 피해 치열한 독립운동을 벌이던 현장이었다. 상하이에서 활동하다 순국한 독립운동열사들의 묘가 그곳 만국공묘에 14기 안장되어 있는 것도 확인되었다. 그중 1993년, 1995년에 걸쳐 7기가 고국으로 봉환되었고 직계후손이 없이 외로이 남아계시던 김태연 당시 임시정부 의정원 의원의 유해도 묻힌 지 98년만에 중국 당국으로부터 귀국 봉환의 허가를 얻었다.

중국 상하이에는 황포탄 의거지(義擧地)가 있다. 1920년 '간도 참변'을 일으켜 한인 3,000여 명을 무침히 도륙한 일본군 육군대장 다나카 기이치를 처단하기 위해 의열단 단원인 오성륜, 김익상, 이종암 선생이 이곳에 저격 계획을 세웠으나 저격과 폭탄투하 계획 모두 실패하고 오성륜, 김익상 선생은 일본경찰에 체포된다. 모진 고문을 받다 오성륜 선생은 탈옥에 성공하고 김익상 선생은 나가사키로 압송되어 고문과 장기복

역 끝에 만기출소되나 일제고등경찰과 집을 나선 후 행방불명이 된다.

중국 상하이에는 김구 선생의 거주지 터도 있다. 당시 대한민국임시정부 경무국장이었던 김구 선생은 1920년 부인 최준례, 맏아들 김인, 2년 뒤 모친 곽낙원 님을 상하이로 오게 한다. 그러나 부인은 둘째아들 김신을 낳고 크게 다쳐 외국인교회 무료진료소에서 쓸쓸이 죽음을 맞는다. 일제의 감시로 남편은 그 곁에 갈 수 없었다. 임시정부가 곤궁한 상황이어서 선생의 가족 역시 야채 쓰레기더미를 뒤져 연명할 정도였다. 결국 김구 선생의 모친과 자식들은 고향 해주로 돌아갔으나 일본경찰들의 협박을 피해 1932년 이후 다시 중국으로 오게 되었다.

윤봉길 선생의 의거지는 중국 상하이 홍커우 공원이다. 1932년 4월 29일 김구 선생과 조찬을 하던 윤봉길 의사가 자신의 시계를 풀어 내민다. "제 시계는 6원을 주고 산 것인데 선생님 시계는 2원짜리입니다. 저는 이제 한 시간밖에 더 소용이 없습니다."라는 말과 함께. 이후 11시 40분쯤 일본 국왕 생일 축하 행사장에 폭탄을 던지고 체포되어 고문 끝에 사형을 당했다. 윤봉길 의사가 거사를 치르기 전 아들에게 남긴 유언장에는 그분의 인생결의가 드러나 있다.

"너희도 만일 피가 있고 뼈가 있다면 반드시 조선을 위해 용감한 투사가 되어라. 태극의 깃발을 높이 드날리고 나의 빈 무덤 앞에 찾아와 한 잔의 술을 부어 놓아라. 그리고 너희들은 아비 없음을 슬퍼하지 마라."

윤봉길 선생의 의거 후 일제의 대대적 탄압에 직면한 대한민국임시정부는 상하이를 떠나 8년 간 항저우, 전장, 창사, 광저우, 류저우, 치장을 거치는 고난의 행군 끝에 1940년 충칭에 도착한다. 고난의 행군을 하는 동안 일본군의 집요한 추격에 수없이 많은 위기를 맞으면서도 독립전쟁을 준비해온 임시정부 요원들은 충칭에서 전열을 정비하고 한국광복군 창설에 전력을 다한다. 대외적으로는 참전국 지위를 얻기 위해 영국군의 요청에 응해 인도에 광복군을 파견한다. 안으로는 국내 진공작전을 준비한다.

임시정부가 일본경찰의 추격을 가까스로 피해 8년간 '고난의 행군'을 한 현장들을 찾아가 보았다. 1937년 중일전쟁 당시 임시정부가 이동한 후난성 성도 창사에 임시정부 요원들과 그 가족들이 거주하던 조선혁명당 본부 건물이 아직 남아있었다. 이 건물에서 한국국민당, 조선혁명당, (재건)한국독립당 대표들이 모여 회의를 하던 중 일제에 매수된 조선혁명당원 이운환의 권총에 사상자들이 발생했다. 김구 선생도 총상을 입고 상아병원에 후송되어 사경을 헤매다 극적으로 살아났다.

중국 광저우에는 1938년 대한민국임시정부 요원들과 그 가족들이 두 달여 간 머물렀던 동산백원이 남아있다. 소실되었던 것으로 전해지다가 2017년 그 건물이 확인되었는데 당시 우리 정부가 매입을 시도했으나 임시정부 건물이란 사실이 알려지면서 가격이 폭등했다고 한다. 임시정부는 이곳에 머무는 동안 외국인사들을 초청해 국경절 행사를 개최했고 경술국치에 대한 사진전도 열었다고 한다.

이후 임시정부는 일본군의 추격을 피해 중국 류저우로 이동해 6개월간 머물면서 무장투쟁 조직인 한국광복진선청년공작대를 결성한다. 당시 거처인 낙군사는 현재 '류저우 대한민국임시정부 항일투쟁 활동 진열관'으로 쓰이고 있다.

류저우가 일본 전투기 폭격을 받자 1939년 임시정부는 치장으로 향하는 험난한 여정에 오른다. 그리고 상하이를 떠나 고난의 행군 8년만에 충칭에서 3만 리 험난한 여정이 마무리되었다. 이곳에서 김구 선생의 장남 김인은 27세의 나이에 병사한다. 충칭 화상산 한인 묘지에는 김인 선생을 비롯해 당시 임시정부 요원들과 가족, 조선의용대 대원들 10~20여 명이 안장되어 있다. 일부는 고국으로 봉환되었지만 상당수의 묘지는 발굴조차 어려웠다. 이 한인 묘지는 곧 아파트로 바뀔 처지다.

해외 각지에서 이처럼 소중한 목숨을 걸고 독립운동을 해온 열사들이 정말 많다. 우리가 모르고 있었을 뿐. 생사를 넘나드는 삶의 여정을 힘겹게 오르면서도 그토록 열렬히 독립운동에 매진했던 선조들의 모습이 담긴 해외 유적지들이 보존되지 못한 채 사라지고 있다. 현장을 찾을 때마다 늦게 와 죄송하다는 말씀을 선조들께 올리게 된다. 알면 알수록 우리나라 독립운동의 포트폴리오는 너무나 다채롭고 강렬하다! 후손들이 이 독립운동 포트폴리오를 보존하고 기억하길 간절히 바란다.

작품 김동우 사진가의 '중국 충칭 화상산 한인묘지터'.
임시정부요원들과 그 가족, 조선의용대 대원들이 안장되어 있던 이곳은
곧 아파트가 들어설 예정이다.
작품 크기 77×100cm 2018년 작
사진가와 작품 정보 : 포토마(www.fotoma.co.kr)

my story

내 인생에서 지금부터 추가해야 할
포트폴리오들을 생각해보자.

꿈이 없다면
만들어야 할까?

    어릴 때부터 되고 싶은 것이 있어서 쭈욱 노력해왔다거나 특정분야의 재능이 있어서 그 분야로 진로를 결정하고 지금 껏 성공가도를 달리고 있다는 이들도 있지만 그런 사람들은 결코 많지 않다. 대부분은 나처럼 어릴 때 비현실적인 꿈이 있긴 했으나 상황을 직시하게 된 지금은 하루하루를 살아내 기도 벅차다. '꿈' 하면 먹고살 걱정 없을 때 갖게 되는 낭만 적인 것으로 여겨지기도 한다. 그래도 이렇게 살다가 미래 에는 어떤 사람으로 살게 될지 두렵기도 하고 앞날이 막막 하게 느껴진다.

    사회의 어른들과 선배들은 꿈을 가지라 하고 지금부터라 도 꿈을 찾아보라고 하지만, 글쎄, 뭘 해야 내가 행복할지, 더 나은 삶을 살게 될지 잘 모르겠다. 나를 지금보다 더 나은 삶으로 이끄는 실현 가능한 꿈은 어떤 것일까?

막연히 꿈을 생각하기보다 먼저 '난 왜 꿈이 없을까, 인생의 목표를 정하지 못했을까?'를 생각해보기로 한다. 어쩌면 앞으로 일어날지 모를 실패와 그로 인해 감수하게 될 비난, 비참해질 처지가 두려워 꿈을 꾸지 못했던 것이 아닐까? '일단 해보자'는 마음보다 '만약 실패하면? 실패를 예방할 방법은?'부터 생각하지 않았던가?

완벽한 준비란 있을 수 없다. 누구나 첫 시도는 많이 부족하고 두 번째 도전은 첫 번째보다는 낫지만 여전히 부족한 것이 많다. 부족한데 도전하고 그만큼 실패하게 되지만 거기서 배우고 성장해야 성공 가능성을 높이는 도전을 할 수 있게 된다. 실패에서 배워 재도전하지 않으면 꿈과 목표는 이루어지지 않는다.

그러나 도전하는 과정에서 나 스스로를 믿고 실패 앞에서 자신을 격려해온 경험이 별로 없으면 실패에 대해 막연한 두려움만 가지고 미리 날 울타리 안에 가두기 쉽다. 실패할 위험이 없는 울타리 안에 더 나은 꿈이 있을 리 없다.

혹은 꿈을 키워 도전했는데 도저히 내가 할 수 있는 한계를 넘어서는 상황을 맞았다면(운동선수가 되고자 노력했는데 갑작스러운 사고나 질병으로 그 꿈을 포기해야 하는 경우처럼) 낙담하고 무기력해질 수 있다. 이제는 꿈이 영영 사라지는 것일까?

그런데 그런 상황에서 새로운 꿈을 꾸고 거기에 도전하는 사람들이 있다. (운동선수는 못되었지만 운동선수의 고민을 잘 알기에 운동선수의 이런저런 문제 해결에 도움이 되는 제품을 만드는 사업체를 꾸리게 된 것처럼) 일차 꿈은 결국 포기하게 되었지만 '나'를 포기하지 않으면 새로운 꿈을 갖게 되는 것이다.

지금 당장 '내 꿈은 뭐지? 나만 꿈이 없어.' 하며 자신을 닦달하거나 한심하게 여길 필요도 없다. 백세 인생에서 퇴직 전까지 직장에서 열심히 일하고 60대 이후 새로운 도전을 하는 청춘 마인드의 시니어들이 늘고 있다.

내 꿈이 지금 뚜렷이 보이지 않는다면 긴 인생에서 조급해하지 말고 먼저 나를 들여다보자. 성급하게 남의 꿈이나 트렌드를 좇아 나와 맞지 않는 꿈을 가지려 할 필요가 없다. 부모나 주위 이야기에 휘둘려서도 안된다.

두려워하는 마음이나 무기력한 마음을 걷어내고 난 무엇을 좋아하고 잘 할 수 있는지, 더 배우고 싶은지 생각해보자.

내가 원하는 모습, 나의 장점, 부족한 점, 내 본능적 욕구, 지금까지 갖게 된 능력들을 통해 꿈의 실마리들을 발견할 수 있다. 내 꿈을 찾으려면 먼저 나를 충분히 바라봐야 한다.

회사일을 하는 가운데 그 직업과 관련한 적성이나 업무의 재능으로부터 파생된 꿈을 발견할 수도 있다. 내가 잘 아는 분야로부터 탄생한 꿈은 꾸준히 이루어나갈 의지도 그만큼 커진다. 과정마다 더 깊이 배우게 되고 그때마다 성취감도 크다.

꿈이나 삶의 목표가 생겼다면 일단 첫걸음을 떼어보자. 처음은 어렵고 서툴다. 언제 꿈을 이룰지, 앞이 잘 보이지 않을 수도 있다. 누구나 그렇다. 실현하는 과정에서 느닷없이 만나는 문제의 해결방법을 고민해야 할 때도 있다. 이처럼 꿈을 실현하는 과정에서 내가 기꺼이 감내하고 노력할 일들을 하나하나 해나가는 동안 새로운 것을 배우고 도움이 되는 인연을 만나게 된다. 꿈이 그렇게 나에게 다가오게 된다.

꿈 자체가 나를 성장시키는 것이 아니고 그것을 이루는 과정에서 성장할 수 있다. 지금 꿈이 없어도 내 자신과 주변을 향해 오감을 열어두고 찬찬히 관찰하자. 거창한 꿈이 아니라도 삶의 목표를 한해 한해 세우고 실천해가는 동안 난 성숙해지고 더 행복해진다. 어느덧 꿈이 내게로 온다.

북인도 라다크와 잔스카는
오랫동안 옛 전통이 유지되어온 곳이다.
그러나 갈수록 서구문명이 이곳을 바꾸어가고 있어
한편으로는 안타까움이 커지기도 한다.
험난하고 척박한 이곳에서 소박하게 살아온 이들의 꿈도
새로운 문명의 도입과 함께 변화할 것이다.
오랜 세월 형성되어온 자연도 그에 따라 변화되지 않을까.
그래서 더 기록하고 싶었나 보다.
라다크의 창탕 지역 초모리리 호수, 북인도와 티베트 국경을
사이에 두고 130km 길이로 이어지는 판공초,
신비로운 히말라야 산맥을 촬영했다.

작품 남준 사진가의 '인도 라다크 초모리리 호수'
Transcend time and space 작품 크기 66.7×100cm 2011년 작
사진가와 작품 정보 : 포토마(www.fotoma.co.kr)

사진가 남준

환경이 변화하면 꿈도 달라질까?

중국이 1949년 티베트 영유권을 선언하고 그 다음 해 군대를 주둔시키자 그로부터 9년 뒤 제14대 달라이라마와 티베트 고승들, 그들을 따르는 사람들이 히말라야 산맥을 목숨 걸고 넘어 북인도 다람살라(Dharamsala)로 망명했다. 그리고 이곳 다람살라에 티베트 망명정부를 세웠다.

다람살라에 머무는 동안 티베트 스님과 수행자, 난민들을 만나는 일이 잦았던 것도 그 때문이다. 그중 기억에 남는 친구가 있다. 티베트에서 5살 때 가족과 함께 히말라야 설산을 넘어 이곳에서 살고 있는 Arrty Nagpo Tsang. 어떤 옷을 입어도 스타일리시한 모습의 멋지고 잘생긴 청년이었는데, 외모에서 오는 선입견과 달리 삶에 대한 철학적 사유가 깊으면서도 자유로운 모습이 인상적이었다.

어느 날 Arrty가 이사를 했다며 초대해 주어서 집에 방문한 적이 있었다. 작고 허름한 방에 세간살이도 그다지 많지 않았다. 그곳에서 눈에 띈 것은 먼지를 쓰고 있는 오래된 액자 속 티베트 큰스님(림포체)의 사진이었다. Arrty는 돌아가신 아버지라고 소개했다. 친구의 모습과 대비되어 보이는 아버지의 모습에 좀 놀랐다.

그후 어느날 Arrty에게 왜 수행자가 되지 않았는지 물었더니 자신은 그 삶이 싫다고 했다. 자유롭게 살며 매순간 행복을 느끼는 삶이 좋다고 했다. 난 그 친구의 바람이 꾸준히 이루어지길 바랐다. 그런데 한 스님이, Arrty가 수행자로서의 선택된 삶을 받아들이지 않아 내적으로 힘든 시간을 보내고 있고 본인도 이를 알고 있다고 말씀해주셨다.

그 친구를 떠나온 지 몇년이 흘렀다. 어찌 지내는지, 변화한 환경에 맞춰 새로운 꿈을 꾸며 사는지, 정해진 수행자로서 길을 가고 있는지 궁금해진다.

그 친구를 비롯해 북인도 히말라야 산맥의 고산지대에 사는 사람들은 험난한 자연환경과 척박한 사회적 환경 속에서도 진솔하고 밝은 모습

을 보여주었다. 영하 20~30도의 혹한이 3개월 이어지는 동안에는 육로
도 닫히는 곳이다 보니 외부인의 접근이 어려워 전통적인 문화가 오랫동
안 간직되고 있었다. 그래서 도시문명에 지친 나 같은 외부인들에게는
더없이 반갑고 소중한 곳이지만 이곳 청년들에게는 꿈을 다양하게 꾸기
어려운 곳일 수도 있겠다는 생각이 든다.

그런데 편의와 개발이라는 명분 하에 서구 산업문명이 이곳에도 들어오
면서 갈 때마다 자연환경이 바뀌고 있고 관광산업을 위해 도시와 마을
들도 빠르게 변화하고 있다. 문명의 이기(利器)만큼 사람도 각박해지
기 쉽다는 것을 이미 경험으로 알고 있는 나는 진솔한 티베트인과 북인
도인들의 소중한 문화와 정서가 보존되길 간절히 바란다.

수백년 된 벽화와 조각들, 선사시대 암각화 등 문화적 보존 가치가 뛰
어난 작품들이 훼손되고 방치되는 상황, 티베트에서 인도로 망명한 사
람들이 다시 티베트로 돌아갈 수 없는 현실을 안타까워하며 이 두 지
역을 10여년 간 사진으로 기록해왔다. 다양한 경로로 그들에게 전해지
길 바라면서……

작품 남준 사진가의 '인도 라다크 해질녘 미루나무 풍광'
해가 질 때도 높이 솟은 미루나무들의 모습은 꿈을 향해 가는 이들처럼 아름답다.
Transcend time and space 작품 크기 90×60cm 2010년 작
사진가와 작품 정보 : 포토마(www.fotoma.co.kr)

my story

내 꿈은 무엇인가?
지금 꿈이 없다면 어떤 실마리들을 토대로
꿈을 생각해볼까?

십년 후 내가
오늘의 나에게 말한다면?

　오늘은 과거로부터 와서 내일로 흘러간다. 정확히는 과거의 내가 오늘의 내가 되어 내일의 나로 변화해간다. 오늘의 나를 만든 과거의 나에게 나는 어떤 말을 할 수 있을까?

'그렇게 당장 편하고 좋은 것만 택하며 쾌락을 좇더니 지금 이렇게 힘들잖아. 3년, 5년, 10년 후를 생각했어야지.'
'정말 수고 많았어. 너의 땀과 눈물이 오늘의 나를 만든 거야. 고맙고 자랑스럽다.'
　자책과 자기 원망 또는 자부심과 자신에 대한 칭찬, 어떤 쪽인가?

　그렇다면 미래의 나는 오늘의 나에게 어떤 말을 해줄 수 있을까? 자책이거나 자부심의 말 중……?

그렇게 생각하면 오늘의 의미가 다르게 느껴진다. 미래의 나를 만들어가는 과정에 있는 오늘의 나는 건강 관리도, 시간 관리도, 삶의 포트폴리오 구성도 잘 해야 할 것 같다.

그런데 오늘의 내가 늘 미래를 향해 한 걸음씩 나아가기만 하는 것은 아니다. 만약 위기를 만나 과거보다 더 어려워졌다면 더이상 아무것도 할 수 없다는 무기력감이나 자기원망에 빠져있기 쉽다. '난 열심히 해도 안되네.' 어쩌면 이런 착각에 자신을 가두고 꼼짝도 안하고 있는지도 모르겠다.

한 중년의 가장이 청춘을 바쳐 일하고 운영해온 공장에 부도를 맞게 되었다. 처음에는 충격으로 아무것도 할 수 없었다. 생계를 책임져야 하는 가족도 있는데 막막하기만 했다. 열심히 일했고 성실하게 살았는데 왜 이런 일이 내게 닥친 것인지 원망만 가득 차올랐다.

그런데 자신에 대해 생각해보고 가족을 위해 지금 무엇을 해야 할지 고민하다 그는 수중에 남아있는 8만원으로 화초를 사고 실내에서 할 수 있는 운동기구를 하나 샀다. 당장 먹고살 걱정을 해야 하는 상황이었는데 그는 화초와 운동기구를 부인에게 선물로 주며 어려움을 털어놓았다.

"어차피 닥친 일이니 마음 추스르고 건강 챙겨서 열심히
일하자. 언젠가 오늘을 추억으로 이야기할 날이 올 거야."

그간의 신뢰를 바탕으로 직원들의 고용을 최대한 유지하
면서 거래처들을 설득해 일을 진행해갔다. 과거의 어려움이
재발되지 않도록 안정적인 거래처 중심으로 일을 받았고 제
품의 퀄리티를 높이는 데 더 신경 썼다. 업계에서 입소문이
났다. 그렇게 재기에 성공했고 은퇴 후 그는 당시 어려웠던
때의 이야기를 추억으로 회상할 뿐이다.

나름 성실히 살았고 성장하려 노력해왔지만 지금 예상
치 못한 위기를 만날 수도 있다. 인생이니까! 만약 친구에
게 그런 위기가 닥쳤다면 그간 성실히 살아온 것을 잘 아
는 내가 그에게 '네가 그럴 줄 알았다' 하는 소리를 할 수
있을까? 나에게도 그래서는 안된다. 함부로 자책하고 원
망하지 말자.

힘들 때도, 뭔가 잘 풀릴 때도 똑같이 시간은 미래로 흘
러간다. 실패해도 성취해도 그 모든 주체는 나다. 성취하
면 기쁨을 누리고 더 나은 미래를 만들기 위해 노력하고,

어려울 때는 잠시 쉬면서 재충전을 하며 언제나 나는 미래로 걸어가고 있다. 미래의 내가 오늘의 나에게 인사를 건넬 것이다.

'애썼다. 나를 포기하지 않아줘서 고맙다.'

© 일러스트 Keun

with the art

2016년 일본 북해도의 겨울 속으로 떠난 여행. 지극히 단조롭고 여백
이 컸던 그곳은 지친 도시의 일상을 잊게 하고 나 자신에게 위로를 건
네게 되는 동화 같은 곳이었다. 그곳에서 얻게 된 위안과 마음의 평
화가 작품에 스며들어 누군가에게 위로가 되길 희망하며 작업했다.
이것은 내가 풍경사진을 하는 이유이기도 하다. 사진 속 풍경은 시간
에 의해 변하겠지만 사진이 주는 위로의 힘은 변함 없길 바라며…….

작품 정혜원 사진가의 'Biei 북해도 설경'
Biei Winter, Hokkaido 작품 크기 50×60cm 2016년 작
사진가와 작품 정보 : 포토마(www.fotoma.co.kr)

사진가 정혜원

인생을 삼등분 한다면

40대까지는 좋은 엄마가 되고자, 배우자의 충실한 조력자가 되고자 노력하는 삶이었다면, 그 이후부터는 나의 정체성을 찾고 꿈을 향해 나아가는 삶을 살고 있다. 70대 이후에는 그간의 나에 대해 기록하고 남기는 일에 집중하고 싶다.

가족과 일을 생각하며 살아온 인생 전반기는 사회적인 틀 안에서 나름 최선을 다했던 때이다. 일반적 기준, 보편적 시선에 길들여진 자신으로 열심히 살아왔다. 그러나 그런 삶을 여전히 맹목적으로 이어가지 않아 다행이다. 자식도 성인이 되었고 나 스스로를 생각하는 시간이 많아지면서 이제라도 내 꿈에 집중할 수 있게 된 것은 정말 감사한 일이다.

물론 이십대 때와는 다른 꿈이다. 무모하고 순수했던 그때보다 세상을 더 많이 이해하고 있고 인생의 황혼기를 계획하는 지금의 내가 좋는 꿈이다. 사진가로서 세상과 소통하고 누군가에게 위로가 될 수 있는 작품을 만드는 예술가로서의 꿈은 젊은 날 추구하던 진로나 욕구에 의한 꿈과는 다르다.

꿈은 그것을 생각하는 순간에만 달콤하게 느껴질 뿐 실상은 많은 노력과 책임이 따르고, 쓰디쓴 맛도 보면서 인내로써 이루어가야 한다는 것도 잘 알게 된 지금의 나에게는 무게감마저 느껴진다. 아직은 직장생활과 가정생활도 병행하면서 사진작업을 해야 하고 전시 준비나 사진예술인들과 교류하는 삶은 내게 빡빡한 시간관리를 요구하고 그만큼 건강에도 더 신경 쓰게 하지만 기꺼이 감당하지 않을 수 없는 '즐거운 고통'이다.

우리나라를 비롯해 마다가스카르, 아이슬란드, 북해도, 라오스, 미얀마, 미주, 중국 등 여러 곳을 다니며 촬영을 할 때 치밀한 계획은커녕 어리숙한 준비와 무모한 도전으로 어려움에 처할 때도 여러 번이었다. 당시 여행국의 내전으로 육로 탈출길도 막혀 어렵게 배를 구해 강으로 탈출하던 때도 있었고 산사태로 도로가 막혀 몇 시간이고 모래바람을 맞으며 길에서 버틴 적도 있었다. 장염에 걸려 움직이기 어려웠던 때도 있었고 손가락에 동상이 걸려 카메라 셔터를 누르지 못하게 되는 경험도 했었다.

일일이 열거하기도 어려운 많은 에피소드들처럼 촬영여행은 내게 만만치 않은 것이긴 하지만 '내일은 없다'는 신념이 자연스레 강해지는 나이이고 보니 기회가 될 때마다 가방을 싸게 된다. 내 몸 하나 추스르면서 촬영에 집중하다 보면 애써 남을 의식하지 않게 된다.

지난날 타인에게 받은 상처도 아물어 오래된 흉터만 남아있는 지금, 자유롭게 나의 꿈을 추구하며 살고있는 내가 고맙고 기특하다. 타임머신으로 십년 전 내게 찾아갈 수 있다면 이런 말을 해주고 싶다. '곧 괜찮아질거야. 넌 충분히 했고 이 어려움은 끝나게 되어 있어. 조금만 더 힘 내.'

지금의 나에게 십년 후의 내가 찾아온다면 미래의 나는 어떤 말을 해줄까? '이렇게 행복하게 살아줘 고맙다. 삶을 정리하다 보니 지금 네(내)가 가장 행복해 보여!' 이런 말이 아닐까 싶을 만큼 오늘이 좋다. 몸과 마음이 지칠 때도 있고 작업이 잘 안 풀릴 때도 있지만 계속 성장해가고 있고 선한 에너지를 주고받을 수 있는 만남들이 이어지는 내 삶이 좋다.

작품 정혜원 사진가의 '아이슬란드 풍경_자작나무숲'
The Birch Wood, iceland 작품 크기 60×60cm 2018년 작
사진가와 작품 정보 : 포토마(www.fotoma.co.kr)

my story

나는 10년 전 내게 어떤 말부터 할까?
10년 후 나는 오늘의 나에게 무슨 말을 할까?

내가 바꿀 수 없는 것은?

부딪히기 싫은 사람과 직장에서 매일 만나는 것도 괴로운데 그의 말에 기대하는 리액션을 취해줘야 한다. 그런 내가 비굴하게 느껴지고 마음 같아서는 "이봐요, 그게 말이야, 막걸리야? 그만둬요." 버럭 하고 싶지만 그럴 경우 후폭풍을 내가 감당할 수 없다.

내가 더 잘하고 싶은 일은 이 일이 아닌데 이런 일들만 내게 주어지는지, 마음 같아서는 이 직장을 때려치우고 싶지만 당장 생계며 가족들 걱정에 이러지도 저러지도 못한다.

연인의 이런 행동이 싫어서 하지 말라고 해도 안고친다. 사랑하는 사이인데 왜 고치지 않을까? 헤어져야 하나? 마음이 복잡해진다.

내가 원하는 대로 바꿀 수 없는 일들이 있다. 타인의 말과 행동은 그가 성장해오면서 무의식 속에 고착된 심리적인 원인에서 일어난다. 내가 싫다고 말한다고 해서 쉽게 고쳐지지 않는다. 나 역시 그렇다. 내가 빠른 시일 내에 바꾼 습관이 있었나? 뇌과학자와 심리학자들도 사람의 행동과 습관이 여간해서 고쳐지기 어렵다는 것을 밝혀왔다.

그렇다면 내 생각을 바꾸는 게 더 쉬운 일이다. '재수 없는 그 인간'이 또 그런 말을 한다면 '오냐, 난 인내심과 적응력이 더 좋다. 너랑 평생 볼 것도 아니고, 너 때문이 아니라 내 인생을 위해 봐준다.'는 마음으로 대응매뉴얼을 만드는 게 더 나을 수 있다.

연인의 행동을 바꾸고 싶지만 말 해도 안 고쳐진다면 그의 입장과 심정을 이해해본다. '나한테 누군가 좀 바꾸라고 한다면 어떨까? 그는 왜 그런 행동을 하게 되었을까? 난 왜 그의 그런 행동에 더 마음이 쓰이는 걸까?' 하는 생각들을 해보면서 봐주든가 좀더 정중하게 부탁을 한다면 상대가 더 마음을 쓰게 될 것이다.

마음에 들지 않는 일을 반복해야 한다면 혹시 이 일을 하는 과정에서 내가 얻을 수 있는 것이 무엇인지 찾아보자. 혹은 당장 그만두었을 때 겪게 될 일들을 구체적으로 떠올려보

자. 더 나은 선택은 그 후 결정하는 것이 좋다.

내가 미래를 위해 원하는 방향으로 가꾸어갈 수 있는 일들도 있지만 이처럼 변화시키지 못할 일들도 있다. 내가 현명하게 적응해가야 하는 일들이다. 그런 일들에 대한 스트레스를 줄이고 미래를 생각해 더 나은 결정이 되는 길이 무엇인지 고민해야 한다. 그런 노력 자체가 나의 성장이고 변화다. 지금 부글부글 끓는 가슴을 일단 식히고 머리로 생각하자. 지금의 문제만이 현실의 전부인 양 온통 거기에 마음이 쏠리면 정작 소중한 다른 일상의 가치들을 놓치기 쉽다.

© 일러스트 Keun

삶은, 지금 나의 욕구와 미래의 걱정이 대립하기도 하고 타인의 욕망과 나의 욕망이 충돌하기도 하면서 흘러간다. 그속에서 마냥 이리저리 휘둘리기만 할 것인지, 변화를 모색할 때를 기다려야 할지, 마음을 바꾸어 적응해야 할지를 나 스스로 결정해야 한다.

　미래를 생각하며 냉정하게 현실을 파악해보기, 사람들과의 적당한 거리 두기로 휩쓸리지 않기, 지금의 불행에 초조해하지 말고 나를 믿고 견디기, 변화의 결단을 할 때를 현명하게 정하기 등등 내가 바꿀 수 없는 일들에 대해 난 이렇게 진중한 생각들을 해야 한다.

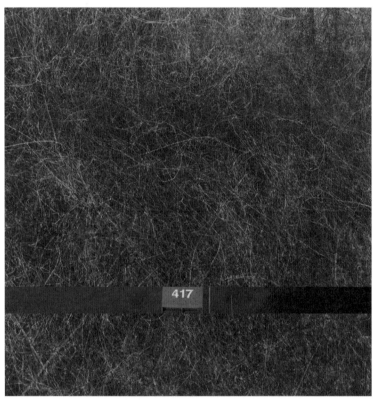

작품 하춘근 사진작가의 '역사의 그림자_DMZ' 연작 중
soh_DMZ _ Kimwha 38.289649N 127.464967E 작품 크기 100×100cm 2019년 작
사진가와 작품 정보 : 포토마(wwㅁw.fotoma.co.kr)

역사적 사실의 의도적 왜곡, 해석에 대한 견해차,
증거자료 미비로 사라진 사실들에서 볼 수 있듯,
신봉하는 역사적 사실에는 그 모호성이 존재한다.
그 '역사의 그림자'를 생각해보고자 시작한 연작
'Shadows of History' 중 우리 분단 역사의 그림자를 주제로,
DMZ 현장의 도큐사진들을 응축해 표현한 작품이다.
사람의 흔적 없이 야생화되어가는 군사분계선을 배경으로
전투기 식별 표지판 이미지가 놓여 있다.
분단이라는 견고해 보이는 현실이, 변화해가는 자연과 대비되어
'바꿀 수 없는' 것인가를 묻고 있다.
2020대구사진비엔날레 특별전에 초대되었던 작품 중 하나다.

사진작가 하춘근

바뀌지 않을 것 같은
역사적 사실에서 숨은 그림자 찾기

역사는 바꿀 수 없는 과거의 사실이란 인식이 지배적이다. 그러나 사실이라 믿었던 역사가 지배권력의 욕구에 의해 왜곡된 것임이 밝혀지는 경우들을 종종 보게 된다. 또는 하나의 사실에 대해 여러 해석들이 존재하기도 한다. 사회의 변화된 가치관에 의해 시대적으로 주목받는 역사적 사실과 외면받는 역사가 있다. 과거의 사실들은 오늘날 흐릿한 흔적만 남아 있거나 사라져 존재 자체를 모르기도 한다. 이처럼 역사는 본질적으로 모호성을 갖고 있다.

일제강점기 우리의 역사는 열등한 것으로 날조되었고, 대한민국 현대사에서 민주화를 위해 저항해온 시민운동들이 이런 저런 간첩사건들로 조작되었다가 최근에 진실이 밝혀지기도 했다. 지배층에 의해 어떻게 역사가 왜곡되는지 우리는 오랫동안 경험해왔다.

세계적으로도 이러한 '역사의 그림자'는 시간이 흐르면서 서서히 모습을 드러내곤 한다. 지금은 반성과 단죄가 이어지고 있는 나치정권의 만행은 당시에는 독일 대중의 지지를 받았다. 미국 911테러의 현장으로 널리 알려진 '그라운드 제로'는 2차세계대전 당시 일본에 원자폭탄을 투하한 미국의 공격지점을 의미했다. 그 피해자인 일본은 우리나라를 비롯해 세계를 식민지화하려 했던 전범국이다. 중국의 문화혁명이나 각국에서 종교적 명분으로 학살을 자행한 사건들을 비롯해 세계 곳곳에서 당시에 정당성을 획득했던 폭력적인 역사는 지배층의 야욕과 선동의 역사임이 드러나곤 한다.

이처럼 역사는 절대적 진리도, 불가항력적으로 수용해야 하는 지식도 아니다. 지금은 이렇게 해석되고 중요시되는 역사적 진실이 언젠가는 다른 진실로 밝혀지면서 또다른 의미로 다가올 수 있다. 그래서 맹목적인 수용보다 '역사의 그림자'를 의식하는 태도가 필요해 보인다.

난 이러한 역사적 인식을 사진작업을 하면서 뒤늦게 깨닫게 되었다. 교과서나 책을 통해 '믿고 있던' 역사적 사실의 이면과 맥락에 숨은 진실을 우연히 알게 되면서 다소의 충격과 함께 조금 눈을 뜨게 된 것이다.

그렇게 해서 911 테러 현장과 일본 원자폭탄 투하 현장을 소재로 한 '역사의 그림자-그라운드 제로'에 이어, 제주 4·3사건과 분단의 역사에 각 내재된 진실을 생각해보는 '역사의 그림자' 연작들을 작업해가고 있다.

사실 사진 이미지로 이러한 담론을 표현하는 것은 쉽지 않았다. 역사에 대해 지식이 빈약했던 나는 그만큼 많은 자료들을 찾아보고 고민을 해야 했고 뒤늦게 대학원에서 사진학을 공부하고 이 주제로 논문을 썼다. 이렇게 해서 '역사의 그림자' 작업의 기초를 조금 닦았다. 감사하게도 '역사의 그림자' 작품들을 2019년에 이어 2020대구사진비엔날레 특별전에서도 전시할 기회를 갖게 되었다.

역사의 그림자에 대해 많은 분들이 생각했으면 하는 바람이 있다. 역사에 드러나지 않았던 진실을 생각해보지 않는다면 미래를 위해 제대로 교훈을 얻을 수 없다. 이 역사가 현재도 진행형이라는 사실을 의식하지 않는다면 미래에도 비극은 어떤 형태로든 일어나지 말란 법이 없다. 개개인이 역사적 진실에 대해 관심을 갖지 않는다면 언젠가 역사를 왜곡하고 선동의 도구로 이용하려는 무리에게 속수무책으로 해를 입을 수도 있다.

2020대구사진비엔날레 특별전에 전시된 'Shadows of History' 작품들과 역사적
사건의 현장을 기록한 도큐이미지들을 타임캡슐 2020개에 담아 세운 설치전시물

my story

지금 내가 신경쓰는 일이 바뀔 수 있는 것인가?
아니라면 어떻게 적응할 것인가?

인생 마지막 날
생각나는 것은?

이 세상의 삶은 언젠가 끝이 난다. 만약 내가 그 마지막 날에 지난날을 되돌아볼 수 있다면 내 삶을 어떻게 평가하게 될까? 어떤 아쉬움을 갖게 될까? '다행히 이런 의미 있는 일들을 잘 해냈구나' 하게 될까?

삶의 마지막에 와 있는 환자들을 돌본 호스피스가 환자들이 임종 전 공통적으로 한 후회의 말을 책을 통해 전한 적이 있다. 그들은 모두 가족이나 이웃과 더 좋은 시간을 보내지 못한 것, 타인과 더 나누지 못한 것을 후회했다고 한다.

백 세가 넘은 철학자가 강연을 통해 대중에게 강조한 것은 60세가 넘으면서는 내가 세상에서 배운 것으로 사회에 도움이 되는 일을 하라는 것이다. 삶의 굴곡을 겪다 나눔과 봉사

활동을 하면서 비로소 행복을 찾은 이들의 이야기는 오랫동안 방송의 단골소재가 되어 왔다.

인간은 본래 관계지향적이다. 외톨이로 살고 있거나 혼자가 편하다고 하는 이들은 관계 속에서 상처를 받아 스스로 마음을 닫게 된 것이다. 사람으로부터 상처를 받지만 사람으로부터 희망과 위로를 얻는 존재도 사람이다. 바로 '나'다.

그런데 평소에는 유한한 삶을 의식하지 못하고 마음을 나누는 일을 소홀히 하거나 미루곤 한다. 부모로부터 독립해 사회생활을 하면서 먼저 전화를 걸지 않는 날들이 많아진다. 기념일도 바쁘다는 이유로 함께 즐기지 못하는 부부들이 있다. 어려운 이웃들의 이야기가 매스컴을 통해 흘러나오지만 나와 상관없는 이야기일 뿐이다.

노년을 맞은 이들 가운데, 그간 가족과 살기 위해 열심히 일했지만 퇴직 후 자신의 자리는 집안에 없더라는 이야기를 하는 이들을 어렵지 않게 찾아볼 수 있다. '황혼이혼'도 이미 우리사회에서 익숙한 말이 되었다. 자신의 안위만 생각하는 무례한 이들이나, 젊은이들과 소통이 어려운 '꼰대'의 모습들도 종종 볼 수 있다.

'저렇게 늙지 말아야지.' '난 아빠처럼은 하지 않을 거야.'

이런 생각을 하는 내가 과연 부모가 되고 기성세대가 되고 노인이 되었을 때는 어떨까?

그렇게 되지 않으려면 지금부터 가족이나 이웃을 비롯해, 타인과의 소통과 친교를 꾸준히 해야 한다. 가족이나 이웃과 이야기하고 즐기는 일을 한가할 때나 할 수 있는 유희로 생각하고 미룬다면 타인과 즐겁게 살기 위해 필요한 '배려와 대화의 능력'이 퇴화할 것이다.

일 속에서, 직장생활에서, 학교생활에서 힘들 때 응원을 받고 다시 털고 일어날 수 있게 하는 힘도, 지혜를 배울 수 있는 것도 내 주위의 사람으로부터 나온다. 가족, 이웃, 친구, 선후배, 스승, 책의 저자, 예술가들로부터 나는 성장 동력을 얻을 수 있게 된다. 삶이 끝날 때까지 사람들과 다양하게 소통하고 나누는 일을 지속해야 하는 이유다.

나 역시 타인에게 그런 에너지를 줄 수 있다. 많은 돈을 기부하는 것만이 이웃을 돕는 것은 아니다. 지금 고민을 하는 가족, 친구의 이야기를 진심을 다해 들어주는 것, 내 형편껏 소액이라도 꾸준히 기부를 하는 것, 환경을 살리는 작은 실천을 하는 것, 사회가 더 많은 사람들과 잘 사는 방향으로 발전해가길 바라며 관련 뉴스에 관심을 갖는 것 등등 지금 내가 시간을 내어 할 수 있는 일을 하는 것이 그 시작일 수 있다.

　이런 삶을 꾸준히 실현해간다면 노인이 되어도 젊은이들과 소통하고 존경받는 사회의 어른으로 살아갈 수 있을 것이다. 내가 주위에 좋은 영향을 끼치고 누군가에게 고마운 존재로 살았다는 것만큼 내 삶에 큰 의미있는 일이 있을까.

with the art

작품 김동우 사진가의 '러시아 우스리스크 최재형 순국지(추정)'
작품 크기 77×100cm 2018년 작
사진가와 작품 정보 : 포토마(www.fotoma.co.kr)

러시아(연해주)에서 사업으로 이룬
엄청난 재산을 독립운동에 바치고
학교와 독립운동단체 설립, 의거 지원, 신문 발행 등
다각적으로 독립운동에 힘쓰던 최재형 선생이
일제의 총탄에 스러진 곳으로 추정되는 장소를
사진으로 기록했다.
선생은 마지막 순간에 무엇을 생각하셨을까?

사진작가 김동우

'마지막 순간까지 아름다운 삶'을
보았다.

엄청난 부를 이루었으나 모두 독립운동에 바쳐 '연해주 독립운동의 대
부'로 일컬어지는 사람, 러시아 한인동포들을 여러모로 도와 난로처럼
따뜻한 사람이란 뜻의 '페치카(러시아식 난로) 최'로도 불렸던 사람,
1962년 대한민국 정부로부터 건국훈장 독립장을 추서받은 최재형 선
생이다.

최재형 선생은 1860년 함경북도 경원군에서 노비와 기생 사이에 태어
나 9살 때 아버지를 따라 러시아 연해주의 한인마을 지신허로 이주했
다. 11살에 가난한 집을 나와 무역선 빅토리아 호 선장 부부의 눈에 띄
어 무역선 선원으로 일하게 되었다. 7년간 일본을 비롯한 아시아 국가
들과 탄자니아, 남아프리카공화국에 이어 포르투갈 등 유럽 국가들을
거쳐 러시아 상트페테르부르크까지 오가는 항해를 통해 장사를 배우
고 견문을 넓혔다.

이후 블라디보스토크에서 장사로 돈을 모아 지신허로 돌아가 농장을 운영하고 군사도로 공사 통역 일과 한인노동자 관리 업무를 하면서 동포의 어려움을 대변했다. 러시아 정부로부터 한인마을 얀치혜의 도헌(오늘날 군수)으로 임명된 후에는 한인마을들에 32개 소학교를 세우고 도헌으로 받은 월급은 모두 장학금으로 출연했다. 자신의 사업장에 동포들을 대거 고용하면서 한인사회의 기반을 마련했다.

최재형 선생은 러시아인들의 신임을 바탕으로 극동함대사령부 식료품 납품권을 따내 큰 부를 축적하였고 4개 기업을 운영하며 현지 최고 거부의 반열에 올랐다. 그런 그는 이 모든 재산을 독립운동에 바쳤다.

1908년 해외 최대 독립운동단체인 동의회를 조직하는 데 앞장섰고 봉오동·청산리 대첩에서 독립군이 사용한 체코·소련제 무기를 지원했으며 이토 히로부미를 저격한 안중근 의사의 권총을 구해주기도 했다. 블라디보스토크에서 발간되던 러시아 주재 교민단체 신문인 '대동공보'가 재정난으로 폐간되자 재발행했고, 또하나의 한인신문인 '권업신문'도 발행했다. 1919년 4월 대한민국임시정부 초대 재무총장에 임명되었다.

생전에 최재형 선생은 안중근 의사의 죽음을 막지 못한 것을 두고두고 애통해했다고 한다. 의거의 장소인 하얼빈은 러시아 땅이었기에 러시아 정관계 인사들과 폭넓게 관계해온 선생이라면 안중근 의사의 죽음을 막을 수 있을 것이라 생각했다. 그러나 일제는 러시아를 압박해 안중근 의사의 신병을 서둘러 중국 다롄으로 압송했고 결국 안 의사는 뤼순 감옥에서 순국했다. 이후 최시형 선생은 안 의사의 가족을 돌보았다.

최시형 선생은 큰 부자였고 러시아 국적도 가지고 있었다. 얼마든지 편안하게 자손대대로 잘 살 수 있었다. 그런데 스스로 일제의 처단 대상 1호를 자처했다. 1920년 4월 집에 머물던 최재형 선생은 일본군에게 끌려가 며칠 뒤 소비에트스카야 언덕에서 총살된 것으로 알려져 있다. 일본군은 선생의 가족에게 그의 죽음을 알리지 않았고 시신도 인계하지 않았다. 정확히 어디에 묻혔는지 알려지지 않았다.

사실 일본군이 들이닥치기 전에 선생은 몸을 피할 수 있었다. 시간은 충분했다. 그러나 그렇게 했을 때 가족이 겪을 고초를 걱정한 선생은 의연히 죽음을 맞이했다. 민족과 동포들, 가족을 위해 마지막 순간까지 헌신하셨던 최재형 선생의 삶은 두고두고 꺼내볼 교과서 같다.

마지막 순간에 내 자신이 이만 하면 잘 살았다고 인정할 수 있고 좀더 나은 세상을 만드는 데 일조하는 삶이었다고 자족(自足)할 수 있다면 지금의 고단함은 충분히 위로 받을 수 있지 않을까.

작품 김동우 사진가의 '러시아 우스리스크 최재형 고택'.
최재형 선생이 일본군에 체포될 당시 머물던 자택. 2010년 한·러 수교 20주년을 기념
해 이곳에 다음과 같은 안내판이 부착되었다. "이 집은 연해주의 대표적 항일운동가이
며 전로한족중앙총회 명예회장으로 활동하였던 최재형 선생이 1919년부터 1920년 4월
일본 헌병대에 의해 학살되기 전까지 거주하였던 곳이다."
작품 크기 77×100cm 2018년 작
사진가와 작품 정보 : 포토마(www.fotoma.co.kr)

my story

내가 노인이 되어 삶을 돌아본다면,
어떻게 살았다고 말할 수 있을까?
무엇이 가장 아쉽게 느껴질까?

우리나라 사진예술의 모든 정보들이 모이는
특별한 포털사이트 포토마(FOTOMA)

국내 활동중인 사진작가, 사진전시, 작품, 사진관련 교육기관과 강의, 도서, 사진예술계 소식, 전문가들의 칼럼, 국내외 갤러리, 포토페스티벌, 다양한 사진공모전, 아카데미 및 동호회 등 사진단체 활동, 사진관련 산업체 등 '사진'이란 테마 안에 포함되는 다양한 정보들을 한 곳에서 쉽게 찾아볼 수 있게 구성한 플랫폼 "포토마(FOTOMA)"가 2019년 3월 25일 오픈되었다. 현재까지 국내외 최초이자 유일의 사진예술정보 포털사이트(www.fotoma.co.kr)로서 그 의의가 남다르다.

흩어져 있는 사진예술의 다양한 정보들이 공유되지 못하고 전시기회가 소수에게 집중되는 상황을 개선하고, 협소한 사진예술시장을 성장시켜 사진가들이 활발하게 역량을 펼칠 수 있으려면 상생할 수 있는 생태계를 조성해야 한다는 필요성이 절실했다. 그리하여 접근성이 좋은 인터넷 상에서 다양한 사진예술정보를 공유하고 쉽게 소통할 수 있는 포털사이트 포토마를 구축하게 된 것이다. 누구나 언제 어디서든 쉽게 공유할 수 있고 다양한 참여도 할 수 있다.

누구나 휴대폰으로 찍은 사진을 올릴 수 있고 사진에 대한 생각이나 정보를 공유할 수도 있다. 만나기 어려운 사진가나 전문가의 이야기와 전시도 영상으로 쉽게 만나볼 수 있다. 포토마가 전문가들과 협업해 마련한 사진가 공모전, 지역사진제, 사진아카데미 공모전, 사진학교 강의, 작품(원작) 무이자 할부 판매 등도 대중과 사진예술을 이어주는 색다른 즐길거리다.

앞으로도 포토마는 국내 사진예술이 대중의 사랑을 통해 성장해 갈 수 있도록 다양한 기획과 도전을 해나갈 것이다. 이 책 [비로소 마주하다, 나] 역시 그 일환의 하나이다. '자아 통찰의 에세이'와 사진가들 작업스토리가 결합되어 대중에게 공감과 울림을 주는 새로운 문화출판물로 자리매김 되길 희망한다. 그리고 독자분들이 인터넷에서 포토마를 검색해주시길 간절히 바란다.

포토마 콘텐츠 기획팀